Diogenes Taschenbuch 20044

detebe

William Faulkner

Schwarze Musik

Erzählungen

Aus dem Amerikanischen

von

Elisabeth Schnack

Diogenes

Nachweise am Schluß des Bandes

Lizenzausgabe mit freundlicher Genehmigung
Umschlagzeichnung von
Tomi Ungerer

Veröffentlicht als Diogenes Taschenbuch, 1972

Diogenes Verlag AG Zürich
40/91/8/3
ISBN 3 257 20044 7

Inhalt

Jenseits

Das harte, runde Ohr des Stethoskops lag kalt und unangenehm auf seiner nackten Brust; das Zimmer, groß und quadratisch, voll schwerer Nußbaummöbel – das Bett, in dem er zuerst allein geschlafen hatte, das sein Ehebett gewesen war, in dem sein Sohn gezeugt und geboren und für den Sarg aufgebahrt wurde –, dieses seit fünfundsechzig Jahren vertraute Zimmer, das normalerweise friedlich und einsam und so unverkennbar das seine war, daß es sogar den ihm eigentümlichen Geruch hatte, schien jetzt überfüllt von Menschen, obwohl nur drei da waren, und nur solche, die er kannte: Lucius Peabody, der in der Stadt hätte sein müssen, um seiner ärztlichen Praxis nachzugehen, und die beiden Neger, von denen die Frau in der Küche und der Mann auf dem Rasen draußen bei der Mähmaschine hätten sein sollen, um sich den Anschein zu geben, als verdienten sie das Geld, das sie am Samstagabend erwarteten.

Doch am schlimmsten war das harte, kalte kleine Ohr des Stethoskops, schlimmer als der Schimpf seiner entblößten Brust mit ihrem feinen zarten Flaum grauer Haare. Im Grunde war an der ganzen Geschichte nur ein mildernder Umstand. ›Wenigstens‹, dachte er gereizt und mit sarkastischem Humor, ›bleibt mir der Wirrwarr weiblicher Verwandter erspart, was mein Los hätte sein können, da es die üblichen Begleiterscheinungen von Ehe- oder Scheidungsanlässen ist. Und wenn er nur sein verdammtes kleines Spielzeugtelefon wegnehmen würde und meine Nigger wieder an ihre Arbeit zurückkehren ließe ...‹

Und dann, noch ehe er den Gedanken zu Ende gedacht hatte, nahm Peabody tatsächlich das Stethoskop fort. Und dann, im Augenblick, als er sich's wieder mit einem gereizten Seufzer der Erleichterung auf seinen Kissen bequem machte, stimmte einer von den beiden Negern, die Frau, ein solches Höllengejammer an, daß er sich kerzengerade im Bett aufrichtete und die Hände vor die Ohren hielt. Die Negerin stand am Fußende des Bettes; ihre langen, geschmeidigen schwarzen Hände lagen unbeweglich auf dem Fußbrett, ihre Augen waren wild verdreht und rollten weiß in den Schädel hinein, und ihr Mund stand weit offen, während ihm eine langsame Flut von Soprantönen entquoll, die so rein wie die höchsten Orgeltöne und so mauernerschütternd wie eine Dampfsirene waren.

»Chlory!« schrie er. »Schweig!« Sie schwieg nicht. Offenbar konnte sie weder sehen noch hören. »Heda, Jake!« schrie er den Neger an, der neben ihr stand; auch seine Hände lagen auf dem Fußbrett, während das Gesicht mit düsterer und tiefer Unergründlichkeit grübelnd auf das Bett starrte. »Bring sie hier raus! Sofort!« Doch auch Jake rührte sich nicht, und nun wandte er sich voll zorniger Empörung an Peabody: »Los, Loosh! Schick die verdammten Nigger hier raus!« Aber auch Peabody schien ihn nicht zu hören. Der Richter sah ihm zu, wie er das Stethoskop ordentlich in sein Etui legte. Er funkelte ihn noch einen Moment an, während das ohrenbetäubende Getöse der Frau durchs Zimmer schallte, schleuderte dann die Bettdecke zurück und eilte wütend aus dem Zimmer und aus seinem Haus.

Sofort merkte er, daß er noch im Schlafanzug war, deshalb knöpfte er seinen Mantel zu. Er war aus feinem schwarzem Tuch, gebürstet und von altmodischer Eleganz, mit einem Zobelkragen. ›Wenigstens blieb ihnen keine Zeit, den hier vor mir zu verstecken!‹ dachte er gereizt und wütend. ›Hätte ich doch bloß meine ...‹ Er blickte auf seine Füße. ›Ah! Ich scheine sie ...‹ Er blickte auf seine Schuhe. ›Das trifft sich gut!‹ Dann verflog auch die kurze Verwunderung, jetzt, da die Empörung Raum hatte, sich zu verflüchtigen. Er griff an seinen Hut, dann faßte er mit der Hand an seinen Kragenaufschlag. Der Jasmin war da.

Er konnte sagen, was er wollte, und Jake beschimpfen, wie er es oft tun mußte, niemals vergaß der Neger irgendeine Blume, wie sie die Jahreszeit hergab. Immer lag sie frisch und ohne Makel, wie soeben gepflückt, auf dem Tablett mit dem Morgenkaffee. Die Blume und die ... Er klemmte den Ebenholzstock unter den Arm und öffnete seine Aktenmappe. Die beiden frischen Taschentücher waren da, neben dem Buch. Er steckte das eine in seine Brusttasche und ging weiter. Nach einer Weile erstarb das Getöse von Chlorys Gejammer.

Dann war es kurze Zeit ausgesprochen unangenehm. Er verabscheute Massenansammlungen, die stur kreisende und ziellose Schafsgeduld der Menge, die Berührung lebendigen Fleisches mit seinem eigenen. Doch wenn auch nicht sofort, so doch bald war er frei, und wie er so stand, noch ein wenig aufgeregt, noch ein wenig verärgert, blickte er mit abnehmendem Zorn und Widerwillen auf die Menge, die sich ruhig durch den Eingang schob. Mit abnehmendem Widerwillen, bis auch der Widerwillen verschwunden war und auf seinem Gesicht ein ruhiger und sehr intelligenter Ausdruck zurückblieb, ein leiser und lange anhaltender Ausdruck spöttischen Staunens, der noch nicht von überraschtem Grübeln überspielt, noch nicht verblüfft, noch nicht wachsam war. Das sollte erst später kommen. Auch in seiner Stimme zeigte es sich nicht, die jetzt nur leicht und spöttisch und gefaßt klang: »Es scheinen ziemlich viele von ihnen hier zu sein!«

»Ja«, sagte der andere. Der Richter blickte ihn an und sah einen jungen Mann in konventionellem Cut mit einem kaum merklichen Fluidum, das auf Trauungen zu deuten schien, der mit gespannter, geduldiger Miene den Eingang beobachtete.

»Erwarten Sie jemand?« fragte der Richter.

Jetzt blickte der andere ihn an. »Ja. Sie sahen wohl nicht ... Aber Sie kennen sie ja nicht!«

»Wen?«

»Meine Frau. Das heißt, sie ist noch nicht meine Frau. Aber die Trauung sollte um zwölf Uhr mittags sein.«

»Ist etwas dazwischengekommen?«

»Ich mußte es tun.« Der junge Mann sah ihn an, nervös und ängstlich. »Ich hatte mich verspätet. Deshalb fuhr ich so schnell. Ein Kind lief über die Straße. Ich fuhr zu schnell, um halten zu können. Deshalb mußte ich ausweichen.«

»Aber Sie haben das Kind nicht überfahren?«

»Nein.« Der andre warf ihm einen Blick zu. »Kennen Sie sie nicht?«

»Und Sie warten hier, um ...« Der Richter blickte den andern an. Er hatte die Augen zusammengekniffen, sein Blick war durchbohrend und hart. Plötzlich sagte er scharf: »Unsinn!«

»Bitte? Was sagten Sie?« fragte der andre mit seiner unsicheren, gespannten, fast flehentlichen Miene. Der Richter blickte weg. Die von einem Stirnrunzeln begleitete Konzentration und der Widerschein ärgerlichen Staunens waren verschwunden, als hätte er sie mit jäher Entschiedenheit von seinem Gesicht gewischt. Er war wie ein Mann, der eine Zeitlang, ohne selbst Fechter zu sein, für den Fall einer gewissen unwahrscheinlichen Bedrohung ein wenig mit dem Degen geübt hat und sich plötzlich, den Degen in der Hand, der Gefahr gegenübersieht. Er blickte mit wachsamem Gesicht auf den Eingang und dachte rasch nach: ruhig und mit stiller und äußerster Aufmerksamkeit schien er über die Gesichter der Eintretenden nachzudenken; ruhig blickte er ringsherum und dann wieder auf den andern. Der junge Mann beobachtete ihn noch immer.

»Sie suchen wohl auch Ihre Frau, vermute ich«, sagte er. »Hoffentlich finden Sie sie. Hoffentlich!« Er sprach wie in stiller Verzweiflung. »Vermutlich ist sie alt – wie Sie auch? Es muß entsetzlich für den einen sein, der Ausschau halten und auf den andern warten muß, mit dem er in der Ehe alt wurde, denn es ist schon so furchtbar, wie ich zu warten und Ausschau zu halten nach einem Mädchen, das nur erst meine Braut ist. Natürlich halte ich mein Los für das unerträglichste. Verstehen Sie: wenn es wenigstens der nächste Tag oder irgendein andrer gewesen wäre. Aber in dem Falle hätte ich wahrscheinlich nicht vor dem Kind ausweichen können. Wahrscheinlich denke ich bloß, mein Los ist schrecklich. Es kann nicht so schlimm sein, wie ich's mir vorstelle. Es kann einfach nicht sein. Hoffentlich finden Sie sie!«

Die Mundwinkel des Richters hoben sich: »Ich kam hierher, um jemandem zu entgehen, nicht, um jemanden zu finden.« Er blickte den andern an. Sein Gesicht war noch in einer Grimasse verzogen, die ein Lächeln hätte sein können. Aber seine Augen lächelten nicht. »Wenn ich jemanden suchte, wäre es wahrscheinlich mein Sohn.«

»Oh! Ein Sohn! Ich verstehe.«

»Ja. Jetzt wäre er ungefähr so alt wie Sie. Als er starb, war er zehn.«

»Suchen Sie ihn hier!«

Jetzt lachte der Richter laut heraus – mit Ausnahme der Augen. Der andre beobachtete ihn mit einer ernsten Besorgnis, die jetzt von einer stillen, interessierten Neugier durchsetzt war. »Wollen Sie damit sagen, daß Sie nicht glauben?« Der Richter lachte schallend. Er holte, noch immer lachend, einen Stoffbeutel hervor und rollte sich eine dünne Zigarette. Als er aufsah, beobachtete der andre schon wieder den Eingang. Der Richter hörte auf zu lachen.

»Haben Sie Feuer?« fragte er. Der andre sah ihn an. Der Richter hob die Zigarette. »Ein Zündholz!«

Der andre kramte in seinen Taschen. »Nein.« Er blickte den Richter an. »Suchen Sie ihn hier!«

»Danke!« entgegnete der Richter. »Vielleicht bediene ich mich später Ihres Ratschlags.« Er wandte sich ab. Dann blieb er stehen und blickte zurück. Der junge Mann beobachtete den Eingang. Der Richter beobachtete ihn nachdenklich, mit gehobenen Mundwinkeln. Er ging weiter, dann stand er still. Sein Gesicht war jetzt völlig entsetzt, wie eine Maske in völliger Regungslosigkeit erstarrt; der sensible, altersmüde Mund, die feinen Nüstern, die Augen ganz dunkel oder wie ohne die Pupille. Anscheinend konnte er sich überhaupt nicht bewegen. Dann drehte Mothershed sich um und sah ihn. Einen Augenblick flackerten Mothersheds blasse Augen; sein zu kurzes Kinn, das ständig in wildem, zahnlosem Auf und Ab zusammenklappte, war plötzlich starr.

»Well?« sagte Mothershed.

»Ja«, sagte der Richter. »Ich bin es.« Jetzt aber, als die Starre von ihm wich, überzog sein Gesicht sich gänzlich mit dem betroffenen und argwöhnischen Schatten. Sogar ihm selber kamen seine Worte widersinnig vor. »Ich glaubte, Sie wären to...« Dann, nach äußerstem, tapferstem Bemühen, fuhr seine Stimme überlegen, spöttisch und gefaßt fort: »Well?«

Mothershed betrachtete ihn – er selbst ein untersetzter Mann in einem beschmutzten und nicht zusammenpassenden Anzug, übersät mit Fett- und Schmutzflecken, der schmutzige Kragen ohne Krawatte – mit einem blassen, leicht verschlafenen, stieren Blick, voll wütender Empörung. »Die haben Sie also auch hierherverfrachtet, was?«

»Es kommt darauf an, was Sie unter ›die‹ und was Sie unter ›hierher‹ verstehen.«

Mothersheds Arm vollführte eine wütende, umfassende Geste. »Hierher, bei Gott! Die Pfaffen! Die Hallelujah-Schreier!«

»Ach so«, sagte der Richter. »Well, wenn ich wirklich dort bin, wo ich allmählich zu sein glaube, dann weiß ich nicht, ob ich hier bin oder nicht. Aber Sie sind keinesfalls hier, nicht wahr?« Mothershed fluchte lästerlich. »Ja«, fuhr der Richter fort, »wir hätten es nie gedacht, als wir an jenen Nachmittagen in meinem Büro saßen und uns über Voltaire und Ingersoll[1] unterhielten, daß es je mit uns dahin kommen würde, nicht wahr? Sie, der Atheist, den schon der bloße Anblick eines in den Himmel ragenden Kirchturms in Raserei versetzen konnte, und ich, dem es nie gelang, sich so weit von vernünftiger Überlegung zu entfernen, um auch nur Ihre sympathische und mühesparende Theorie vom Nihilismus annehmen zu können!«

»Mühesparend?« rief Mothershed. »Bei Gott, ich ...« Er fluchte vor ohnmächtiger Wut. Der Richter sah fast so aus, als lächelte er, die Augen ausgenommen. Er befeuchtete seine Zigarette wieder.

»Haben Sie Feuer?«

»Wie bitte?« fragte Mothershed. Er starrte den Richter mit offenem Munde an. Er durchwühlte seine Taschen. Während seiner aufgeregten Bewegungen schaute flüchtig der Griff einer schweren Pistole hervor, die er sich unter die Achselhöhle geschnallt hatte. »Nein«, sagte er. »Ich habe nichts.«

»Ja«, sagte der Richter. Er zerdrückte die Zigarette, und sein Blick war dabei überlegen und spöttisch. »Aber Sie haben mir noch immer nicht erzählt, was Sie hier tun! Ich hörte, Sie wären ...«

Wieder fluchte Mothershed sofort wütend los. »Bin ich gar nicht! Ich habe einfach Selbstmord begangen.« Er starrte den Richter an. »Verdammt noch mal, ich erinnere mich, wie ich die Pistole hochhob, ich erinnere mich an den kalten kleinen Ring, mit dem sie sich an mein Ohr preßte, ich erinnere mich, wann ich meinem Finger auf dem Abzug befahl ...« Er starrte den Richter an. »Ich glaubte, das wäre eine Möglichkeit, den Pfaffen zu entgehen, denn die Kirche lehrt ja ...« Er starrte den Richter an; sein Blick war fahl und jäh betroffen und empört. »Ich weiß wenigstens, weshalb Sie hier sind! Sie kamen her, um den Jungen zu suchen!«

Der Richter senkte den Blick, seine Mundwinkel hoben

sich, durch die Bewegung bildeten sich Säcke um seine Augen. Ruhig erwiderte er: »Nein!«

Mothershed beobachtete ihn, funkelte ihn an. »Auf der Suche nach dem Jungen! Agnostizismus!« Er fauchte es hervor. »Sie wollen weder ja noch nein sagen, bis Sie wissen, woher der Wind weht! Sind bereit, sich an den Meistbietenden zu verkaufen. Bei Gott, lieber hätt ich's aufgegeben und wäre in Frömmigkeit gestorben, und alle choralplärrenden Dummköpfe auf zehn Meilen im Umkreis an meinem Bett versammelt ...«

»Nein«, sagte der Richter ruhig hinter dem stillen, leblosen Glanz seiner Zähne, und ruhig verschwanden seine Zähne wieder, obwohl er nicht aufblickte. Wieder befeuchtete er seine Zigarette sorgfältig. »Es scheinen eine Menge Leute hierzusein.« Mothershed begann nun, ihn nachdenklich zu betrachten, und sog an seinem entblößten Zahnfleisch; sein fahler, wütender Blick kam zur Ruhe. »Sie haben vermutlich andere bekannte Gesichter außer meinem eigenen hier gesehen? Vielleicht sogar solche von Leuten, die Sie nur dem Namen nach kennen?« fragte der Richter.

»Oh«, erwiderte Mothershed. »Ich verstehe. Ich sehe, worauf Sie hinaus wollen.« Der Richter schien sehr mit seiner Zigarette beschäftigt. »Sie wollen die auch ein wenig aushorchen, was? Nur los! Hoffentlich bekommen Sie ein bißchen mehr Nützliches aus ihnen heraus als ich. Es ist sehr gut möglich, da Sie anscheinend nicht so sehr wissen wollen, als vielmehr etwas Neues suchen, über das Sie im Ungewissen sein können. Well, davon können Sie reichlich bei jedem von ihnen erhalten.«

»Soll das heißen, daß Sie ...«

Wieder begann Mothershed bissig und wütend zu fluchen. »Klar. Ingersoll. Paine. Jeden einzelnen Saukerl, den zu lesen ich meine Zeit vergeudet habe, anstatt lieber auf einem besonnten Baumstamm zu sitzen ...«

»Oh«, sagte der Richter. »Ingersoll! Ist er ...«

»Klar. Auf 'ner Bank gleich drüben im Park. Und auf derselben Bank finden Sie vielleicht auch den, der die Bücher von den kleinen Musterkindern[2] schrieb. Wenn er nicht da ist, sollte er wenigstens dort sein.«

Der Richter beugte sich vor, die Ellbogen auf den Knien, die nicht angezündete Zigarette zwischen den Fingern. »Sie haben sich also auch abgefunden?« fragte er. Der Mann, von dem Mothershed behauptet hatte, er sei Ingersoll, blickte ruhig auf sein Profil. »Mit dem Ort hier?«

»Ah«, erwiderte der andre. Er machte eine knappe, rasche Handbewegung. »Abgefunden.«

Der Richter blickte nicht auf. »Sie akzeptieren es? Sie fügen sich?« Er schien in den Anblick seiner Zigarette versunken. »Wenn ich Ihn nur sehen, mit Ihm sprechen könnte!« Die Zigarette drehte sich langsam zwischen seinen Fingern. »Vielleicht hatte ich Ihn gesucht. Vielleicht hatte ich Ihn all die Zeit gesucht, wenn ich Ihre Bücher las und Voltaire und Montesquieu. Vielleicht.« Die Zigarette drehte sich langsam. »Ich habe an Sie geglaubt. An Ihre Aufrichtigkeit. Ich habe mir gesagt: wenn der Mensch die Wahrheit finden kann, dann gehört dieser Mensch zu denen, die sie finden! Einmal – ich steckte gerade in den Krallen eines Kummers, der von einer noch frischen Wunde herrührte (was sogar einen intelligenten Mann dahin bringt, sich an irgend etwas anzuklammern, selbst an einen Strohhalm) –, da hatte ich eine lächerliche Idee: Sie werden der erste sein, der darüber lacht, wie ich es dann später auch tat. Ich dachte, vielleicht gibt es ein Leben nach dem Tode, einen Zwischenhalt auf der Reise ins Nichts, wo weniger bedeutende Männer einen Augenblick von Angesicht zu Angesicht mit Männern wie Ihnen sprechen dürfen, denen sie Glauben schenken, und von eines solchen Mannes Lippen die Worte hören könnten: ›Es besteht eine Hoffnung‹, oder: ›Es ist nur das Nichts.‹ Ich sagte mir, in so einem

Falle wäre es nicht Er, den ich suchen würde – es wären Ingersoll oder Paine oder Voltaire.« Er blickte auf seine Zigarette. »Lassen Sie mich jetzt Ihre Ansicht hören! Sagen Sie mir das eine oder das andere Wort. Ich werde glauben.«

Der andere blickte den Richter eine Zeitlang an. Dann sagte er: »Warum? Warum glauben?«

Das Papier der Zigarette hatte sich gelöst. Der Richter rollte es wieder behutsam herum, behandelte die Zigarette behutsam. »Ich hatte nämlich einen Sohn. Er war der Letzte meines Namens und Geschlechts. Nach dem Tode meiner Frau lebten wir beide allein, zwei Männer in einem Haus. Es war ein geachteter Name gewesen, müssen Sie wissen. Ich wünschte, daß das Kind einen männlichen, des Namens würdigen Charakter haben sollte. Er hatte ein Pony, auf dem er dauernd ritt. Ich habe Photographien von den beiden, die ich als Lesezeichen benutze. Oft, wenn ich das Bild ansah oder sie ohne ihr Wissen beobachtete, wie sie am Fenster der Bibliothek vorbeiritten, dachte ich bei mir *Was für Hoffnungen reiten dort*; und von dem Pony dachte ich *Was für eine Bürde du blindlings trägst, unwissendes Tier.* Eines Tages riefen sie mich im Büro an. Er war aufgefunden worden, den Fuß noch im Steigbügel, mitgeschleift. Ob das Pony nach ihm ausgeschlagen hat oder ob er sich schon beim Sturz den Kopf verletzt hat, habe ich nie erfahren.«

Er legte die Zigarette behutsam neben sich auf die Bank und öffnete seine Aktenmappe. Er holte ein Buch heraus. »*Dictionnaire Philosophique* von Voltaire«, sagte er. »Ich habe immer ein Buch bei mir. Ich lese sehr viel. Mein Leben verläuft sehr einsam, was daher kommt, weil ich der Letzte meiner Familie bin, und vielleicht auch daher, weil ich ein Beamter der Republikaner in einer Hochburg der Demokraten bin. Ich bin Bundesrichter in einem Mississippi-Distrikt. Der Vater meiner Frau war Republikaner. Ich bin überzeugt«, fügte er rasch hinzu, »daß die Grundsätze der Republikanischen Partei für unser Land am besten sind. Sie glauben es vielleicht nicht, aber während der letzten fünfzehn Jahre ist mein einziger intellektueller Bekannter ein fanatischer Atheist gewesen, fast ein Analphabet, der nicht nur alle Logik und Wissenschaft verachtet, sondern der auch einen ausgesprochenen Körpergeruch hat. Manchmal, wenn ich an einem Sommernachmittag – an einem schwülen Tag – mit ihm in meinem Büro saß, habe ich gedacht, daß, wenn eine Wiederbelebung seines Glaubens seine Voreingenommenheit gegen das Baden beseitigen könnte, es sogar gerechtfertigt wäre, wenn ich ihn selber bekehren würde.« Er holte eine Photographie aus dem Buch und reichte sie dem andern.

Der andere sah das Bild an, ohne sich zu rühren, ohne Anstalten zu machen, als wollte er es in die Hand nehmen. Aus dem braunen, verblichenen Stück Pappe schaute ein zehnjähriger Knabe, der aufrecht auf seinem Pony saß, sie mit ernstem und gelassenem Hochmut an. »Er saß gewissermaßen den ganzen Tag auf dem Pferd. Selbst um zur Kirche zu gehen. (Ich ging damals noch regelmäßig in die Kirche. Ich tue es sogar jetzt noch manchmal.) Ich mußte deshalb noch einen zweiten Stallknecht im Wagen mitnehmen ...« Nachdenklich betrachtete er die Photographie. »Nach dem Tode seiner Mutter habe ich mich nie wieder verheiratet. Meine eigene Mutter war kränklich gewesen, eine Invalidin. Ich konnte sie beschwatzen. Wenn meine Tanten nicht da waren, konnte ich ihr die Erlaubnis abtrotzen, barfuß im Garten herumzulaufen, während zwei Dienstboten Wache standen und mir ein Zeichen geben mußten, sobald meine Tanten auftauchten. Dann ging ich ins Haus, triumphierend im Gefühl meiner Männlichkeit und geretteten Ehre, bis ich das Zimmer betrat, in dem sie auf mich wartete. Dann wußte ich, daß sie für jedes Sandkorn, das meinen Füßen Vergnügen bereitet hatte, mit einer Sekunde ihres Lebens bezahlte. Und so saßen wir wie zwei Kinder in der Dämmerung, und sie hielt meine Hand und weinte leise, bis meine Tanten mit der Lampe ins Zimmer kamen. ›Ach, Sophia! Schon wieder in Tränen! Was für Untaten hast du dir diesmal von ihm abzwingen lassen?‹ Sie starb, als ich vierzehn war; ich war achtundzwanzig, ehe ich mich durchgesetzt hatte und die Frau meiner Wahl heiratete; ich war siebenunddreißig, als mein Sohn geboren wurde.« Seine Augen im Netz der beiden zarten Hautsäckchen und unzähliger Linien, die so fein wie auf einer Radierung waren, betrachteten die Photographie. »Er saß den ganzen Tag auf dem Pferd. Daher sind sie beide auf dem Bild, denn sie waren unzertrennlich. Ich habe das Bild als Lesezeichen für jene gedruckten Werke benutzt, in denen seine und meine Ahnen über zehn Generationen unsrer amerikanischen Chroniken verfolgt werden können; und wenn ich daher auf den Seiten vorrückte, war es mir, als sähe ich ihn mit eigenen Augen leibhaftig die lange Straße hinabreiten, die sein Blut und seine Knochen gepilgert waren, ehe sie sein wurden.« Er hielt in der einen Hand die Photographie. Mit der andern nahm er die Zigarette auf. Das Papier hatte sich gelöst; er hob sie ein wenig in die Höhe und hielt sie dann so, als wagte er nicht, sie noch gerader zu halten. »Und Sie können mir Ihre Ansicht mitteilen. Ich will glauben.«

»Gehn Sie Ihren Sohn suchen!« sagte der andre. »Gehn Sie ihn suchen!«

Jetzt rührte sich der Richter überhaupt nicht mehr. Er hielt die Photographie und die sich auflösende Zigarette und saß völlig unbeweglich. Er schien wie in einer schrecklichen, atemlosen Spannung dazusitzen. »Und finden? Und finden?« Der andere antwortete nicht. Der Richter wandte sich zu ihm um und sah ihn an, und dann löste sich seine Zigarette langsam auf; der Tabak tropfte auf seine blanken, sauberen Schuhe. »Ist das Ihr letztes Wort? Ich will glauben, sagte ich Ihnen doch!« Der andre verharrte unbeweglich, formlos, grau, fast unscheinbar, und sah vor sich hin. »Bitte!

Damit können Sie doch nicht aufhören! Das können Sie nicht!«

Auf dem Weg vor ihnen gingen ständig Leute entlang. Eine Frau ging vorbei, die ein Kind und einen Korb trug, eine junge Frau in einem einfachen, abgenutzten, aber gebürsteten Umhang. Sie wandte dem Mann, von dem Mothershed behauptet hatte, er sei Ingersoll, ein einfaches, helles, liebenswürdiges Gesicht zu und begrüßte ihn mit einer angenehmen, ruhigen Stimme. Dann sah sie liebenswürdig auf den Richter, mit einem vollen Blick, ohne Kühnheit oder Scheu, und ging weiter. »Bitte! Das können Sie nicht! Das können Sie nicht!« Dann wurde sein Gesicht völlig ausdruckslos. Noch während er sprach, wurde es ganz leer; er wiederholte »Können Sie nicht. *Können Sie nicht*« mit einem Ton nachdenklicher Betroffenheit. »Können Sie nicht«, sagte er. »Soll das heißen, daß Sie mir überhaupt keine Antwort mitteilen *können*? Daß Sie es nicht wissen? Daß Sie, Sie selbst, es *nicht wissen*? Sie, Robert Ingersoll? Robert *Ingersoll*?« Der andere bewegte sich nicht. »Sagt mir Robert Ingersoll, daß ich mich zwanzig Jahre lang auf ein schwankes Rohr gestützt habe, das nicht stärker ist als ich selbst?«

Der andere blickte noch immer nicht auf. »Sie haben die junge Frau gesehen, die eben vorbeiging und ihr Kind trug. Folgen Sie ihr! Blicken Sie ihr ins Gesicht!«

»Eine junge Frau. Mit einem ...« Der Richter sah den andern an. »Oh! Ich verstehe. Ja, ich will das Kind ansehen, und ich werde Narben sehen. Dann soll ich ins Gesicht der Frau blicken. Ist es so recht?« Der andere antwortete nicht. »Ist das Ihre Antwort? Ist das Ihr letztes Wort?« Der andere rührte sich nicht. Der Richter zog die Mundwinkel in die Höhe. Durch die Bewegung bildeten sich Säcke um seine Augen, wie wenn Verzweiflung und Kummer in einem entscheidenden Augenblick gleich einer sterbenden Kerzenflamme aufgezuckt wären und in einer matten Grimasse lebloser Zähne ihren allerletzten und verlöschenden Schimmer auf seinem Gesicht zurückgelassen hätten. Er stand auf und steckte die Photographie wieder in die Aktenmappe. »Und das ist der Mann, der behauptet, er sei einst Robert Ingersoll gewesen.« Oberhalb von seinen Zähnen träumte jener Ausdruck in seinem Gesicht, der – von den Augen abgesehen – ein Lächeln hätte sein können. »Nicht etwa, daß ich einen Beweis suchte! Kein Mensch weiß besser als ich, daß ein Beweis nur eine Irreführung ist, erfunden vom Menschen, um vor sich selbst und vor seinen Mitmenschen seine eigene krasse Lust und Dummheit zu rechtfertigen. Nein, einen Beweis suchte ich nicht!« Während er den Stock und die Aktenmappe unter den Arm klemmte, drehte er sich noch eine dünne Zigarette. »Ich weiß nicht, wer Sie sind, aber ich glaube nicht, daß Sie Robert Ingersoll sind. Vielleicht könnte ich es nicht wissen, selbst wenn Sie es wären. Jedenfalls gibt es eine gewisse unzerstörbare Folgerichtigkeit, an die sich, sei sie nun richtig oder falsch, der Mensch halten muß, denn sie allein wird ihm überhaupt das Sterben ermöglichen. Was ich gewesen war, bin ich also; was ich bin, werde ich sein, bis der Augenblick kommt, da ich nicht mehr bin. Und dann werde ich nie gewesen sein. Wie heißt es doch? *Non fui. Sum. Fui. Non sum.*«

Mit der noch nicht angezündeten Zigarette zwischen den Fingern dachte er zuerst daran, weiterzugehen. Doch statt dessen blieb er stehen und blickte auf das Kind nieder. Es saß der Frau zu Füßen auf dem Weg, umgeben von winzigen Männchen aus Blei, von denen einige standen und andere lagen. Der umgekippte und jetzt leere Korb lag auf der einen Seite. Dann sah der Richter, daß die Männchen römische Soldaten in verschiedenen Stadien der Verstümmelung waren – manche ohne Kopf, manche ohne Arme und Beine – und verstreut herumlagen, entweder platt auf der Nase lagen oder mit geheimnisvoller Miene kriegerisch und verbeult aus dem weichen und geheimnisvollen

Staub emporstarrten. Die beiden Füße des Kindes wiesen genau in der Mitte über dem Spann eine kleine Narbe auf. Eine dritte Narbe war in der Handfläche der geöffneten Hand, und als der Richter in ruhiger und spöttischer Nachdenklichkeit nach unten blickte, fegte das Kind die paar noch aufrechten Figuren um, und er sah die vierte Narbe. Das Kind begann zu weinen.

»Scht!« machte die Frau. Sie blickte zum Richter auf, dann kniete sie nieder und stellte die Soldaten wieder auf. Das Kind weinte unentwegt weiter, kräftig und gemächlich und leidenschaftslos, und ohne Tränen in dem schmutzstreifigen Gesicht. »Schau her!« sagte die Frau. »Sieh mal, da! Da ist auch Pilatus! Schau doch!« Das Kind verstummte. Ohne Tränen saß es im Sand und blickte die Soldaten mit dem gleichen geheimnisvollen Blick wie dem ihren an: verhalten und würdevoll und verschlossen. Die Frau fegte die Soldaten um. »So!« rief sie mit zärtlicher, heller Stimme, »siehst du wohl?« Das Kind saß noch einen Augenblick still da. Dann begann es zu weinen. Sie nahm es hoch und setzte sich mit ihm auf die Bank, wiegte es hin und her und blickte zum Richter auf. »Aber, aber!« sagte sie. »Aber, aber!«

»Ist er krank?« fragte der Richter.

»O nein, er hat nur keine Freude mehr an seinen Spielsachen – wie's bei Kindern nun mal ist.« Sie wiegte das Kind mit zärtlicher und unbekümmerter Miene. »Aber, aber! Der Herr sieht dich ja!«

Das Kind weinte unentwegt weiter. »Hat er keine andern Spielsachen?« fragte der Richter.

»O doch! So viele, daß ich's nicht wage, zu Hause im Dunkeln umherzugehen. Aber seine Soldaten hat er am liebsten. Ein alter Herr, der schon lange hier wohnt, wie es heißt, und der sehr reich sein soll, hat sie ihm geschenkt. Ein alter Herr mit weißem Schnurrbart und etwas vorquellenden Augen, wie sie alte Leute haben, die zuviel essen;

ich hab ihm das auch gesagt. Er hat einen Diener, der ihm Schirm und Mantel und Reisedecke trägt, und manchmal sitzt er hier länger als eine Stunde bei uns und plaudert und schnauft. Er hat immer Bonbons oder dergleichen.« Sie blickte auf das Kind nieder; ihr Ausdruck war sinnend und heiter. Das Kind weinte unentwegt. Spöttisch und nachdenklich stand der Richter da und blickte ruhig auf die schmutzigen Kinderfüße mit den Narben. Die Frau sah zu ihm auf und folgte seinem Blick. »Sie sehen gewiß seine Narben und wundern sich, wie er sie bekommen hat, nicht wahr? Die andern Kinder haben es eines Tages gemacht, als sie spielten. Natürlich wußten sie nicht, daß sie ihm weh tun würden. Vermutlich waren sie ebenso überrascht wie er. Sie wissen ja, wie Kinder sind, wenn sie zu ruhig werden.«

»Ja«, sagte der Richter. »Ich hatte auch einen Sohn.«

»Wirklich? Warum bringen Sie ihn nicht her? Wir würden uns so freuen, wenn er auch mit unsern Soldaten spielte.«

Die Zähne des Richters blinkten freundlich auf. »Leider ist er für Spielsachen ein wenig zu alt.« Er holte die Photographie aus der Aktenmappe. »Das war mein Sohn.«

Die Frau nahm das Bild. Das Kind weinte unentwegt und kräftig weiter. »Oh, das ist ja Howard! Ach, den sehn wir jeden Tag. Er reitet hier jeden Tag vorbei. Manchmal hält er und läßt uns auch reiten. Ich gehe nebenher, um den Kleinen festzuhalten«, erklärte sie und blickte auf. Sie zeigte dem Kind das Bild. »Sieh mal! Erkennst du Howard auf seinem Pony? Siehst du ihn?« Ohne mit Weinen aufzuhören, betrachtete das Kind die Photographie; sein Gesicht war streifig von Tränen und Schmutz, seine Miene so geistesabwesend und verhalten, als lebte es gleichzeitig zwei verschiedene und getrennte Leben. Sie gab das Bild zurück. »Vermutlich suchen Sie ihn?«

»Ach«, stieß der Richter hinter seinen ewig aufblinkenden Zähnen hervor. Er steckte das Bild wieder sorgfältig in die

Aktenmappe, zwischen den Fingern noch immer die nicht angezündete Zigarette.

Die Frau auf der Bank rückte ein wenig beiseite und raffte einladend ihr Kleid an sich. »Wollen Sie nicht Platz nehmen? Hier sehen Sie ihn bestimmt vorbeikommen.«

»Ach«, sagte der Richter wieder. Er sah sie an, spöttisch, mit den trüben Augen des Alters. »Es ist nämlich so ... Er reitet immer auf dem gleichen Pony, sagten Sie?«

»Aber ja!« Sie sah ihn mit ernster und stiller Verwunderung an.

»Und für wie alt schätzen Sie das Pony?«

»Oh, ich ... Es scheint gerade die richtige Größe für ihn zu haben.«

»Ein junges Pony, meinen Sie also?«

»O ja ... ja!« Sie sah ihn mit großen Augen an.

»Ach«, stieß der Richter hinter seinen matten, leblosen Zähnen hervor. Er schloß die Aktenmappe sorgfältig. Er nahm einen halben Dollar aus seiner Tasche. »Vielleicht ist er auch der Soldaten überdrüssig. Vielleicht ... hiermit ...«

»Danke«, sagte sie. Ein zweites Mal sah sie nicht auf das Geldstück. »Ihr Gesicht ist so traurig. Da! Wenn Sie zu lächeln glauben, ist es noch viel trauriger. Fühlen Sie sich nicht wohl?« Sie blickte auf seine ausgestreckte Hand. Sie machte keine Anstalten, das Geldstück in Empfang zu nehmen. »Er würde es nur verlieren, verstehn Sie? Und es ist so hübsch und blank. Wenn er älter ist und mit kleinen Spielsachen vorsichtig umgehen kann ... Er ist jetzt noch so klein, verstehn Sie?«

»Ja«, sagte der Richter. Er steckte das Geldstück wieder in seine Tasche. »Und jetzt sollte ich wohl ...«

»Warten Sie doch hier bei uns! Er kommt immer hier vorbei! So finden Sie ihn schneller.«

»Ach«, sagte der Richter. »Auf dem Pony, auf dem gleichen Pony. Sehen Sie, das Pony müßte nämlich dreißig Jahre alt sein. Das Pony starb achtzehnjährig auf meinem

Hof, es war sechs Jahre lang nicht geritten worden. Das war vor zwölf Jahren. Deshalb sollte ich lieber weitergehen.«

Und wieder war es sehr unangenehm. Es hätte doppelt so unangenehm sein müssen, wegen des schmalen Eingangs und der Tatsache, daß er sich, während er das erstemal mit der Menge vorgerückt war, diesmal Zoll für Zoll in entgegengesetzter Richtung durchkämpfen mußte. ›Aber wenigstens weiß ich, wohin ich gehe‹, dachte er unter seinem Zylinder, die Arme mit Stock und Aktenmappe beladen, ›was ich vorhin anscheinend nicht wußte.‹ Doch endlich war er aus dem Gedränge heraus, blickte zur Uhr auf dem Gerichtsgebäude auf, was zu tun er nie unterließ, wenn er die Bürotreppe hinunterging, und sah, daß er noch eine ganze Stunde Zeit hatte, ehe das Abendbrot bereit sein würde und ehe die Nachbarn bereit waren, sein pünktliches Vorübergehen festzustellen.

›Ich habe Zeit, um zum Friedhof zu gehen‹, dachte er, und als er in die kürzlich ausgehobene Grube niederblickte, fluchte er gereizt und ärgerlich, denn einige der häßlichen Erdklumpen waren auf die Marmorplatte nebenan gefallen oder geworfen worden. »Den Pettigrew hol der Kukkuck!« sagte er. »Er hätte sich darum kümmern müssen! Ich hatte ihm gesagt, ich wollte die beiden so nah wie möglich beisammen haben, aber ich dachte, daß er doch wenigstens ...« Er kniete nieder und versuchte die Erde zu entfernen, die auf die Grabplatte gefallen war. Doch es ging über sein Kraft, mehr fortzunehmen als das, was die Buchstaben teilweise unleserlich machte: *Howard Allison II. 3. April 1903. 22. August 1913*, und die stummen, rätselhaften gotischen Buchstaben am Fuße des Steins: *Auf Wiedersehen, Little Boy*[3]. Nachdem die Erde entfernt war, fuhr er mit nachdenklichem, ruhigem Gesicht fort, die Buchstaben zu glätten und darüberzustreichen, und dabei sprach er mit dem Mann, der, wie Mothershed behauptet hatte, Ingersoll war. »Sehen Sie, wenn ich glauben könnte, daß ich ihn sehen und wieder berühren werde, dann habe ich ihn nicht verloren. Und wenn ich ihn nicht verloren habe, dann werde ich nie einen Sohn gehabt haben. Denn ich bin ich, infolge und wegen des Verlustes. Ich weiß nicht, was ich war noch was ich sein werde. Doch wegen des Todes weiß ich, daß ich bin. Und mehr kann der Verstand von der Unsterblichkeit nicht erfassen und das Fleisch nicht begehren. Alles andre ist für Bauern, für Tölpel, die einen Sohn nie so sehr geliebt haben können, um ihn zu verlieren.« Sein Gesicht zersplitterte in tausend spöttische Fältchen, während seine Hand leicht über die stillen Buchstaben glitt. »Nein, ich brauche das nicht. Neben ihm zu liegen genügt mir. Zwischen uns wird eine Wand aus Staub sein, das stimmt zwar, und er ist schon seit zwanzig Jahren Staub. Aber eines Tages werde auch ich Staub sein. Und ...«, er sprach jetzt fest und ruhig, wie triumphierend, »wer wagte wohl zu behaupten, daß ein Gewebe aus Fleisch und Knochen nötig ist, die Gestalt der Liebe zu fassen?«

Jetzt war es spät geworden. ›Wahrscheinlich stellen sie gerade in diesem Augenblick ihre Uhren zurück‹, dachte er, als er die Straße entlang seinem Heim entgegenschritt. Er hätte schon den Lärm des Rasenmähers hören sollen, aber im gleichen Augenblick, als er sich über Jake aufregen wollte, bemerkte er die Reihe der Automobile vor seinem Gartentor, und eine jähe Hast überfiel ihn. Doch hinderte sie ihn nicht, wieder zu fluchen, als er das Gefährt am Anfang der Reihe erblickte. »Dieser verdammte Pettigrew! Ich hab ihm gesagt – und zwar in Gegenwart von Zeugen, als ich mein Testament unterzeichnete –, daß man mich nicht, die Füße voran, mit vierzig Meilen Stundengeschwindigkeit durch Jefferson zerren dürfe! Und wenn er mir nicht ein anständiges Pferdegespann besorgte ... Ich hätte die größte Lust, zurückzukommen und bei ihm zu spuken, wie Jake es von mir erwarten würde.«

Doch die Hast, die Zeitnot, ließ ihn nicht mehr los. Er eilte ums Haus zur Hoftür (und bemerkte, daß der Rasen frisch und ordentlich gestutzt war, als wäre es heute geschehen) und trat ein. Dann konnte er den schwachen Blumenduft wahrnehmen und die Stimme hören; es blieb ihm gerade noch Zeit, aus seinem Mantel und seinem Schlafanzug zu schlüpfen und sie ordentlich in den Wandschrank zu hängen und über den Flur zu gehen, hinein in den Duft der Schnittblumen und das Leiern der Stimme, und in seine Sachen zu schlüpfen. Sie waren frisch gebügelt, und sein Gesicht war auch frisch rasiert worden. Trotzdem, sie gehörten ihm, und er überließ sich der alten und vertrauten Umarmung, die kein Bügeleisen ändern konnte, mit der gleichen Sinnenfreude, mit der er an einem Winterabend seine Glieder in die Bettücher schmiegte.

»Ach«, sagte er zu dem Mann, von dem Mothershed behauptet hatte, er wäre Ingersoll, »das ist schließlich doch das beste! Ein alter Mann fühlt sich nirgends zu Hause außer in seinen eigenen Sachen, seinen eigenen alten Gedanken und Ansichten, den alten Händen und Füßen, Ellbogen, Knien und Schultern, von denen er weiß, daß sie ihm passen.«

Jetzt erlosch das Licht mit einem dumpfen, schwachen, ehrerbietig hohlen Geräusch, was ihm während eines flüchtigen Augenblicks den fürchterlichen, makabern Geruch der ermordeten Blumen zu Bewußtsein brachte; gleichzeitig merkte er, daß die leiernde Stimme jetzt schwieg. ›Noch dazu in meinem eigenen Hause!‹ dachte er und wartete darauf, daß sich der Blumengeruch verflüchtigen sollte; ›doch es ist mir nicht ein einziges Mal in den Sinn gekommen, festzustellen, wer sprach, oder wann er aufhörte.‹ Dann hörte oder vielmehr spürte er das ehrerbietige Scharren von Füßen um sich her, und er lag in tiefem Dunkel, die Hände über der Brust gefaltet, wie er immer schlief, wie die Alten schlafen, den Augenblick erwartend. Er kam. Er sagte ruhig und deutlich und so spöttisch, humorvoll und friedlich, wie er es jeden Abend im Bett in seinem einsamen und friedlichen Zimmer tat, wenn ein letztes kräftiges Ausatmen alles Wachsein aus seinem Körper geleert hatte und er während weniger als einer Sekunde vom Portal des Schlafs um sich zu blicken schien: »Meine Herren Geschworenen, Sie können beginnen!«

Schwarze Musik

I

Das hier ist die Geschichte von Wilfred Midgleston, dem Günstling Fortunas, dem Auserwählten der Götter. Sechsundfünfzig Jahre lang – ein klumpiges Gerinnsel der alten unerträglichen Einschränkungen und Begrenzungen durch Uhren und Glocken – erblickte er herumschlendernd in den langweiligen Schaufenstern langweiliger, harter Straßen das herumschlendernde Bild eines kleinen, unansehnlichen, unauffälligen Mannes, nach dem sich kein Mann und keine Frau umgeblickt hätte, um ihn ein zweites Mal zu betrachten. Dann aber hatte er sich, wie ehemals Elias, in einer flammenden und – für ihn wenigstens – keineswegs kurzen Apotheose über seine ihm verlorene Erde in den unermeßlichen Himmel aufgeschwungen.

Ich entdeckte ihn in Rincon, das nicht breit ist; weniger breit sogar als ein einziges hohlrückiges Tankschiff, das über die Stahldocks der Universal Oil Company aufragt und länger ist als die von Palmen und Hütten besäumte Straße mit dem Fahrdamm aus Staub, der von den Spuren nackter, gespreizter Füße gemustert ist und über dem bei Tage der heftige Schatten liegt und des Nachts die Gewalt der großen Sterne.

»Er kam aus den Staaten«, erzählten sie mir. »Ist seit fünfundzwanzig Jahren hier. Hat sich seit dem Tag seiner Ankunft überhaupt nicht verändert, abgesehen davon, daß die Kleider, in denen er herkam, vertragen sind; und er hat nicht mehr als zehn Worte Spanisch gelernt.« Daran allein konnte man erkennen, daß er ein alter Mann war, der zu altern begann: er hatte kaum ein Wort der Sprache jener Menschen erlernt, mit denen er fünfundzwanzig Jahre lang gelebt hatte und bei denen er dem Anschein nach auch sterben und begraben sein wollte. Dem Anschein nach: er hatte keinen Job: ein sanfter, hoffnungslos sanfter Mann, der wie ein Buchhalter in einem Stück von George Ade aussah, als Vagabund für eine Presbyterianer-Kirchfest-Scharade des Jahres 1890 herausstaffiert, und sehr glücklich.

Sehr glücklich und sehr arm. »Entweder ist er wirklich arm, oder er spielt uns eine tolle Komödie vor. Doch jetzt können sie ihm ja nichts mehr anhaben. Wir haben ihm das schon vor langer Zeit gesagt, gleich nachdem er herkam. Wir haben zu ihm gesagt: ›Warum willst du's nicht ausgeben und genießen? Sie haben wahrscheinlich längst alles vergessen!‹ Denn wenn ich die Mühe und das Risiko eines Diebstahls auf mich nähme und dann die Plage, für den Rest meines Lebens in so einem Loch wie dem hier zu leben, dann würde ich bestimmt das genießen, was zu bekommen mir so viel Mühe gemacht hat!«

»Was zu genießen?« fragte ich.

»Das Geld! Das Geld, das er gestohlen hat und weswegen er hier runterkommen mußte. Warum sonst, meinen Sie, würde er hier runterkommen und fünfundzwanzig Jahre lang hierbleiben? Bloß um sich die schöne Gegend zu besehn?«

»Er sieht nicht aus, als wäre er sehr reich«, sagte ich, »und er benimmt sich auch nicht so.«

»Stimmt! Aber so ein Mann! So ein Gesicht! Ich glaube nicht, daß er Verstand genug hat, um was Rechtes zu stehlen. Und nicht Verstand genug, um's zu behalten, nachdem er es gestohlen hat. Ich glaube, Sie haben recht. Ich glaube, er hat nichts weiter davon gehabt als das Ausreißen und die Schande. Während jemand anders da oben, von wo er ausgerissen ist, das Geld ausgibt und zweimal die Woche laut im Kirchenchor mitsingt!«

»So wird es wohl gemacht?« fragte ich.

»Da haben Sie verdammt recht! Ein verdammter Bursche, der zu reich ist, um sich's leisten zu können, daß er beim Stehlen erwischt wird, hält sich zurück und läßt sich von einem dummen Esel, der noch nie in seinem Leben 2500 Dollar auf einmal gesehen hat, die Kastanien aus dem Feuer holen. 2500 scheint verteufelt viel, wenn's jemand anders hat. Aber wenn man sich über Nacht aufmachen und tausend Meilen laufen und alle Unkosten selbst bezahlen muß, was glauben Sie'n dann, wie lange 2500 reichen?«

»Wie lange haben sie gereicht?« fragte ich.

»Knapp etwa zwei Jahre, weiß Gott! Und dann hab ich ...« Er schwieg. Er warf mir einen wütenden Blick zu, mir, der den Kaffee und das Brot bezahlt hatte, das noch vor uns auf dem Tisch stand. »Für was halten Sie sich eigentlich? Für Wm. J. Burns[4]?«

»Aber nein! Ich wollte Ihnen nicht zu nahe treten! Ich war bloß neugierig und wollte wissen, wie lange seine 2500 gereicht haben.«

»Wer sagt denn, daß er 2500 Dollar hatte? Die hab ich doch bloß als Beispiel genannt. Er hat nie was gehabt, nicht mal 2500 Cents. Oder wenn er sie hatte, dann hat er sie versteckt, und sie sind in ihrem Versteck geblieben. Er kam her und hat auf Kosten von uns Weißen gelebt, und als wir die Nase voll hatten, fing er an, bei den Spigs[5] zu nassauern. Und ein Weißer muß schon recht tief gesunken sein, wenn er mit seinem Diebsgut so geizig wird, daß er lieber bei den Spigs lebt, anstatt sein Geld auszugraben und wie ein Weißer zu leben.«

»Aber vielleicht hat er ja nie Geld gestohlen«, sagte ich.

»Na, was macht er'n dann hier unten?«

»Ich bin ja auch hier unten!«

»Und weiß ich denn, ob Sie nicht auch ausgerissen sind?«

»Stimmt«, antwortete ich. »Das können Sie nicht wissen.«

»Natürlich nicht, denn das ist Ihre Sache. Jeder Mensch hat seine Privatangelegenheiten, und keiner respektiert sie so rasch wie ich. Aber ich weiß, daß ein Mann, ein Weißer, verdammt gute Gründe haben muß, um ... Vielleicht hat er sie jetzt nicht mehr. Aber Sie können mir nicht erzählen, daß ein Weißer hier runterkommt, um ohne Grund hier zu leben und zu sterben.«

»Und Sie glauben, der einzige Grund ist der, daß er Geld gestohlen hat?«

Er sah mich mit Widerwillen und ein wenig Verachtung an. »Haben Sie sich 'n Kindermädchen mitgebracht? Das sollten Sie nämlich haben, bis Sie genug über die menschliche Natur wissen und allein reisen können. Denn die Natur des Menschen ist nun mal so, einerlei, wer er ist oder wie laut er in der Kirche singt, daß er stiehlt, sobald er glaubt, keiner merkt es. Wenn Sie das noch nicht gelernt haben, gehn Sie lieber nach Hause und bleiben Sie da, wo Ihre Familie sich um Sie kümmern kann.«

Doch ich beobachtete jetzt Midgleston auf der andern Straßenseite. Er stand in der Nähe einer Gruppe von nackten Kindern, die im staubigen Schatten spielten: ein kleiner, unansehnlicher Mann in einer schmutzigen Drellhose, die nicht für ihn geschneidert worden war.

»Was er auch sein mag«, sagte ich, »es scheint ihm keine Sorgen zu machen!«

»Oh! Der! Der hat nicht Verstand genug, um zu begreifen, daß er sich wegen irgendwas Sorgen machen muß.«

Sehr arm und sehr glücklich. Endlich war er an der Reihe, mit mir zusammen ein Frühstück einzunehmen. Nein: das ist nicht richtig. Endlich gelang es mir, seinen andern zerlumpten Landsleuten (ähnlich meinem ersten Auskunftgeber) aus dem Wege zu gehen: Männern, die ein bißchen schmuddelig und meistens unrasiert waren und die man in den *cantinas* und Lokalen unweigerlich antraf: laute und gewalttätige Männer, welche ihre Überzeugung von der Überlegenheit der weißen Rasse und der ihnen widerfahrenen Ungerechtigkeit und Kränkung inmitten der ernsten weißen Zähne und der dunklen, höflichen, gefährlichen, nachdenklichen, fremden Gesichter aufrechterhielten – und Midgleston einzuladen, mit mir zu frühstücken. Ich mußte ihn einladen und ihn sogar überreden. Er war zur verabredeten Stunde da, in der gleichen schmutzigen Hose, doch sein Hemd war jetzt weiß und heil und gebügelt, und er hatte sich rasiert. Er nahm die Mahlzeit an, ohne kriecherisch oder schüchtern oder gierig zu sein. Doch als er den Kaffeenapf hochhob, sah ich, wie seine Hände zitterten, so daß er ihn eine Zeitlang nicht an die Lippen führen konnte. Er sah, daß ich seine Hände beobachtete, und zum erstenmal sah er mir ins Gesicht, und ich sah, daß seine Augen die eines alten Mannes waren. Er sagte mit der leisesten Spur einer Entschuldigung für sein Mißgeschick: »Ich habe seit ein, zwei Tagen nichts Richtiges gegessen.«

»Seit zwei Tagen nichts gegessen?« fragte ich.

»'s ist das heiße Klima. Da braucht man nicht so viel. Man fühlt sich wohler, wenn man nicht so viel ißt. Das ist mir anfangs am schwersten gefallen, als ich herkam. Zu Hause war ich immer ein sehr herzhafter Esser gewesen.«

»Oh!« sagte ich. Ich ließ Fleisch kommen, und er protestierte. Doch er aß es, aß alles. »Nun sehen Sie mich mal an«, sagte er. »So ein großes Frühstück hab ich seit fünfundzwanzig Jahren nicht gegessen! Aber wenn man alt wird, ist's schwer, seine Gewohnheiten zu ändern. Nein, Sir! Nicht, seit ich von zu Hause weg bin, hab ich so ein großes Frühstück gehabt.«

»Haben Sie im Sinn, bald wieder heimzugehen?« fragte ich.

»Wahrscheinlich nicht. Nein. Mir gefällt es hier. Ich kann hier einfach leben. Nicht mit so viel Kram belastet. Und den lieben langen Tag mein eigener Boss. Früher war ich Zeichner bei einem Architekten. Nein, ich glaube nicht, daß ich je zurückkehren werde.« Er sah mich an. Sein Gesicht war gespannt, auf der Hut, wie das eines Kindes, das etwas erzählen will, etwas ausplaudern will. »Sie können's nicht raten, wo ich schlafe, und wenn Sie zehn Jahre raten würden.«

»Nein, das würde ich wohl kaum. Wo schlafen Sie denn?«

»Ich schlafe auf dem Dachboden über der *cantina.* Das Haus gehört zur Company, und Mrs. Widrington, die Frau von Mr. Widrington, dem Manager, läßt mich auf dem Dachboden schlafen. Er ist luftig und still – bis auf die paar Ratten. Aber wenn man in Rom ist, muß man leben wie die Römer. Nur würde ich das hier nicht Rom nennen: ich hab's Rattenstadt getauft. Aber das ist es nicht.« Er sah mich an. »Sie würden's nie im Leben raten!«

»Nein«, erwiderte ich. »Ich kann's nicht raten.«

Er sah mich an. »Was mein Bett ist!«

»Ihr Bett?«

»Hab Ihnen ja gesagt, Sie würden's nicht raten!«

»Nein«, sagte ich. »Ich geb's jetzt auf.«

»Mein Bett ist 'ne Rolle geteerte Dachpappe!«

»Eine Rolle ... was?«

»Geteerte Dachpappe!« Sein Gesicht war heiter, friedlich; seine Stimme war ruhig, voll vergnüglicher Gelassenheit. »Abends rolle ich sie einfach auseinander und leg mich zu Bett, und am nächsten Morgen brauch ich sie nur wieder zusammenzurollen und in die Ecke zu stellen. Und dann ist mein Zimmer schon für den ganzen Tag aufgeräumt. Ist das nicht großartig? Keine Leintücher, keine Wäsche, rein gar nichts. Ich rolle einfach mein ganzes Bett wie'n Regenschirm zusammen und nehm's unter den Arm, wenn ich umziehen will.«

»Oh«, sagte ich, »Sie haben also keine Angehörigen?«

»Nein. Nicht hier bei mir.«

»Zu Hause haben Sie also Angehörige?«

Er war sehr still. Er tat nicht so, als interessiere ihn etwas auf dem Tisch. Seine Augen wurden auch nicht ausdruckslos, obwohl er einen Augenblick friedlich nachdachte. »Ja, ich habe eine Frau zu Hause. Wahrscheinlich würde ihr das Klima hier nicht bekommen. Es gefiele ihr hier nicht. Aber es geht ihr gut. Ich habe immer meine Versicherungsprämien bezahlt, habe sehr viel mehr beiseite gelegt, als Sie sich's von einem Zeichner in einem Architektenbüro vorstellen würden, daß er's bei einem Lohn von fünfundsiebzig Dollar durchhalten könnte. Wenn ich Ihnen die Summe nennen würde, wären Sie erstaunt. Sie half mir sparen; sie ist eine gute Frau. Das hat sie also jetzt. Sie hat's verdient. Und außerdem brauche ich kein Geld.«

»Sie beabsichtigen also nicht, wieder heimzugehen?«

»Nein«, sagte er. Er sah mich an; wieder war seine Miene die eines Kindes, das ein Geheimnis verraten will. »Ich hab nämlich was gemacht, verstehn Sie?«

»Ach so, ich verstehe.«

Er sprach ruhig weiter. »Es ist nicht das, was Sie denken. Nicht das, was die andern denken« (er machte mit dem Kopf eine knappe, allumfassende Bewegung). »Hab nie Geld gestohlen. Wie ich immer zu Martha sagte – sie ist meine Frau, Mrs. Midgleston –, Geld ist zu leicht zu verdienen, um all den Ärger zu riskieren, wenn man's zu stehlen versucht! Man braucht nichts weiter tun als arbeiten. ›Haben wir deshalb je leiden müssen?‹ hab ich sie gefragt. ›Wir leben natürlich nicht so wie manche. Aber manche sind für dies und manche sind für das geboren. Und der Kerl, der als Kaulquappe auf die Welt kam, wenn er versucht, ein Lachs zu werden, dann ist er doch weiter nichts als ein Trottel.‹ Das hab ich ihr erklärt. Und sie hat sich Mühe gegeben, und wir sind gut vorangekommen; wenn ich Ihnen erzählte, wieviel Lebensversicherung ich bekommen habe, dann wären Sie erstaunt. Nein, sie hat nicht gelitten. Das müssen Sie nicht glauben!«

»Nein«, sagte ich.

»Aber dann hab ich was gemacht. Jawohl, sir.«

»Was haben Sie gemacht? Wollen Sie's mir erzählen?«

»Etwas. Etwas, was weder vorgesehen noch geplant ist, daß ein sterbliches Menschenwesen so was tut.«

»Was haben Sie denn gemacht?«

Er sah mich an. »Ich habe keine Angst, es Ihnen zu erzählen. Ich hatte nie Angst, etwas zu erzählen. Nur diese Leute hier« – wieder machte er eine leichte Kopfbewegung – »die hätten es nicht verstanden. Hätten nicht gewußt, wovon ich spreche. Aber Sie wohl! Sie werden's wissen!« Er beobachtete mein Gesicht. »Einmal in meinem Leben war ich ein Farn.«

»Ein Farn?«

»Ja, ein Farn! Erinnern Sie sich nicht, wie sie in den alten Büchern immer den roten Traubenwein tranken, und wie dann hin und wieder die reichen römischen und griechischen Senators plötzlich beschlossen, einen alten Weinberg zu roden oder einen alten Wald irgendwo weiter weg, den die Götter benutzt hatten, und wie sie dort ein Sommerhaus hinbauten, in dem sie sich verlustieren konnten, wo die Polizei sie nicht hören konnte, und wie die Götter es nicht leiden konnten, daß die verheirateten Frauen nackicht rumliefen, und deshalb hat der Waldgott namens ... namens ...«

»Pan«, warf ich ein.

»Stimmt, Pan! Der hat die kleinen Burschen geschickt, die halb Ziegen waren, um sie da wegzugraulen.«

»Ach so«, sagte ich. »Ein Faun.«

»Stimmt. Ein Farn. Und das war ich mal. Ich bin fromm erzogen worden. Ich hab nie Tabak oder Alkohol genossen, und ich glaube auch nicht, daß ich in die Hölle kommen werde. Zwar die Bibel sagt, die kleinen Männer wären eine Sage gewesen. Ich weiß aber, daß sie's nicht sind, und deshalb bin ich etwas gewesen, was für ein sterbliches Menschenwesen weder vorgesehen noch geplant ist. Denn einen Tag lang in meinem Leben bin ich ein Farn gewesen.«

II

Im Büro, wo Midgleston als Zeichner angestellt war, sprachen sie über den Bauplatz und über Mrs. Van Dymings eigenartiges Vorhaben. Das Gelände bestand aus einer Wiese, einem Südhang, auf dem Reben wuchsen, und aus einem Wäldchen. »Guter Boden, sagten sie. Aber niemand wollte dort wohnen.«

»Warum nicht?« fragte ich.

»Weil dort allerlei passiert ist. Sie erzählten mir, daß sich vor langer Zeit ein Mann aus New England dort niederließ und die Reben kultivierte, um Weintrauben für den Markt zu ernten. Um Gelee oder so etwas zu machen. Er erzielte schöne Trauben, doch als die Zeit für die Traubenernte kam, konnte er sie nicht ernten.«

»Warum konnte er sie nicht ernten?«

»Weil er sich das Bein gebrochen hatte. Er hatte ein paar Ziegen und einen alten Ziegenbock, den er nicht daran hindern konnte, immer wieder auf den Rebhügel zu gehn. Er hat alles Erdenkliche versucht, aber er konnte den Ziegenbock nicht daran hindern. Und als der Mann zu seinen Reben ging, um die Trauben fürs Gelee zu ernten, da rannte der Bock ihn über den Haufen, so daß er hinschlug und sich das Bein brach. Im nächsten Frühjahr zog der Mann aus New England also fort.

Und dann erzählten sie von einem andern Mann, einem Italiener, der hinter dem Wald lebte. Er erntete die Trauben und machte Wein daraus und zog einen einträglichen Weinhandel auf. Nach einiger Zeit war sein Geschäft so aufgeblüht, daß er mehr Anfragen als Wein hatte. Da fing er an, den Wein mit Wasser und Alkohol zu fälschen, und er wurde sehr reich. Zuerst benutzte er ein Pferd und einen Wagen, um die Weintrauben auf seiner Privatstraße durch den Wald nach Hause zu bringen, doch er wurde reich und kaufte einen Lastwagen, und er fälschte den Wein noch ein bißchen mehr und wurde noch reicher und kaufte einen noch größeren Lastwagen. Und eines Nachts, als er gerade nicht zu Hause war, sondern Trauben erntete, brach ein Gewitter aus, und er konnte nicht heimkehren. Am nächsten Morgen fand ihn seine Frau. Der große Lastwagen war von der Straße runtergerutscht und hatte sich überschlagen, und er lag darunter und war tot.«

»Ich versteh nicht, warum so etwas das Gelände in Verruf bringen konnte«, sagte ich.

»All right! Ich erzähl's ja nur! Die Leute in der Umgegend waren jedenfalls andrer Ansicht. Aber das kam wohl daher, weil es nur einfache Landleute waren. Jedenfalls wollte keiner dort leben, und daher konnte Mr. Van Dyming es billig kaufen. Für Mrs. Van Dyming. Ein nettes Spielzeug. Noch ehe wir die Pläne fertig hatten, schleppten sie eine ganze Bahnladung von ihren Bekannten hin, damit sie sich's anschauen sollten, und damals stand noch keine einzige Hütte da, rein gar nichts als der Wald; und die Wiese war mannshoch ins Gras geschossen, und der Hügel, auf dem die Reben wuchsen, war ein Dickicht. Doch sie stand da mit den andern reichen Leuten aus der Park Avenue und zeigte ihnen, wo das Haupthaus hingebaut würde, das wie's Kolosseum aussehn sollte, und die Gäste-Garage drüben sollte aussehn wie die Akropolis, und wie die Reben mit Stumpf und Stiel ausgerissen würden und der Hang terrassiert werden sollte, um ein Freilichttheater zu machen, wo sie in ihren eigenen Stücken auftreten könnten, und wie die Wiese in einen See umgewandelt würde, mit einer römischen Galeere drauf, die von einem Motor angetrieben würde und Matratzen und all solch Zeugs hätte, damit sie liegend essen könnten.«

»Was hat denn Mr. Van Dyming zu all dem gesagt?«

»Ich glaube nicht, daß er was gesagt hat. Er war eben ihr Mann, verstehn Sie? Bloß einmal hat er gesagt: ›Also Mattie ...‹ Da hat sie ihn vor uns allen im Büro angefahren und gesagt: ›Nenn mich nicht Mattie!‹« Er schwieg einen Moment. Dann sagte er: »Sie ist nicht in der Park Avenue geboren. Auch nicht in Westchester. Sie stammt aus Poughkeepsie. Und ihr Mädchenname war Lumpkin[6].

Aber jetzt würde man das nicht von ihr denken. Wenn ihr Bild in der Zeitung erscheint, mit all den Van-Dyming-Brillanten, dann steht da nicht, daß Mrs. Van Dyming früher Miss Mattie Lumpkin aus Poughkeepsie war. O nein! Selbst 'ne Zeitung würde nicht wagen, so was von ihr zu sagen. Und Mr. Van Dyming wahrscheinlich auch nie, falls er sich nicht mal vergaß, wie an dem Tag im Büro. Sie sagte also: ›Nenn mich nicht Mattie!‹, und er schwieg und stand einfach herum – ein kleiner Mann; er glich mir 'n bißchen, sagten sie mir – und klopfte mit einer von den kleinen Luxus-Zigarren auf seinen Handschuh, und sein Gesicht sah aus, als hätt er im Sinn gehabt, ein bißchen zu lächeln, und dann gefunden, selbst das hätte keinen Zweck.

Zuerst bauten sie das Haus. Es war sehr hübsch; Mr. Van Dyming hatte es entworfen. Wahrscheinlich hat er dabei wohl mehr als bloß Mattie zu sagen gehabt. Und wahrscheinlich hat Mrs. Van Dyming dabei wohl kein einziges Mal gesagt: ›Nenn mich nicht Mattie!‹ Vielleicht hat er ihr versprochen, daß er sich in den andern Kram nicht einmischen würde. Jedenfalls war das Haus sehr hübsch. Es stand auf dem Hügel, nahe am Waldrand. Es war aus Baumstämmen. Aber nicht zu viele Baumstämme. Es gehörte dort hin, paßte hin. Baumstämme, wo Baumstämme sein mußten, und gute städtische Ziegel und Bretter, wo keine Baumstämme sein durften. Es stand da. Gehörte hin. Es sah gut aus. Kein Ärgernis. Verstehn Sie, was ich meine?«

»Ja, ich glaube, ich verstehe, was Sie damit meinen.«

»Aber in den übrigen Kram mischte er sich nicht ein, in ihre Akropolis und all das!« Er sah mich durchdringend an. »Manchmal hab ich gedacht . . .«

»Was denn? Was gedacht?«

»Ich hab Ihnen doch erzählt, daß er und ich gleich groß waren und daß wir uns 'n bißchen glichen.« Er sah mich an. »Als wär's uns möglich gewesen, miteinander zu sprechen – trotz allem, was er war mit seinen Park-Avenue-Anzügen und seinen Banken und Eisenbahnen, und ich trotz meinem Fünfundsiebzig-Dollar-Wochenlohn als Zeichner, der in Brooklyn wohnte, und nicht mehr jung. Als hätt ich jederzeit zu ihm sagen können, was mir durch den Kopf ging, und als hätt er mir jederzeit sagen können, was ihm durch den Kopf ging, und wir hätten uns gut verstanden. Deshalb hab ich manchmal gedacht ...« Er sah mich an, durchdringend, doch nicht unsicher. »Manchmal sind die Männer vernünftiger als die Frauen. Sie wissen, wovon sie die Finger lassen müssen, und die Frauen wissen das nicht immer. Man muß nicht fromm im richtigen Sinn oder fromm im falschen Sinn sein. Oder überhaupt fromm.« Er sah mich an, durchdringend. Nach einer Weile sagte er mit einem Ton, der entschieden und unumstößlich klang: »Es wird Ihnen verrückt vorkommen.«

»Aber nein, durchaus nicht! Durchaus nicht!«

Er sah mich an. Dann blickte er weg. »Doch! Es wird Ihnen einfach verrückt vorkommen. Reine Zeitverschwendung!«

»Aber nein! Ich versichere Ihnen, daß ich's hören möchte. Ich bin nicht so, daß ich glaube, die Menschen wüßten schon alles.« Er sah mich scharf an. »Es soll Millionen Jahre gedauert haben, bis die Welt entstand«, fuhr ich fort. »Und der Mensch ist innerhalb von siebzig Jahren entstanden und verbraucht und begraben. Wie kann man also erwarten, daß ein Mensch genug weiß, um auch nur zu zweifeln?«

»Das ist richtig«, sagte er. »Das ist ganz bestimmt richtig.«

»Was haben Sie also manchmal gedacht?«

»Manchmal hab ich gedacht, wenn ich's nicht gewesen wäre, dann hätten sie ihn benutzt. Hätten Mr. Van Dyming benutzt, wie sie mich benutzt haben.«

»Wer – sie?« Wir sahen einander an, sehr ernst, sehr ruhig.

»Jawohl! Die, die den Ziegenbock auf den Mann aus New England losgelassen haben und das Gewitter auf den Italiener.«

»Oh! Und sie würden Mr. Van Dyming an Ihrer Stelle benutzt haben, falls Sie damals nicht dort gewesen wären? Wie haben sie Sie benutzt?«

»Das will ich jetzt erzählen. Wie ich ausgewählt und benutzt wurde. Ich wußte nicht, daß ich ausgewählt war. Ich war jedoch ausgewählt, etwas zu tun, was für ein sterbliches Menschenwesen weder vorgesehen noch geplant ist. Es war an dem Tag, als Mr. Carter (er war mein Boss, der Architekt) den Notschrei von Mrs. Van Dyming erhielt. Ich hab Ihnen wohl erzählt, daß das Haus schon fertig war und daß eine große Gesellschaft unten war, wo sie den Arbeitern beim Bau der Kolosseums und der Akropolisse zuschaun konnten. Der Notschrei kam also. Sie wollte die Pläne fürs Theater haben, das auf den Hügelhang gebaut werden sollte, wo jetzt noch die Reben standen. Sie wollte es zuerst bauen lassen, damit die Gäste bequem zuschauen konnten, wie die Akropolisse und die Kolosseums gebaut wurden. Sie hatte schon angefangen, die Weinreben auszureißen, und Mr. Carter steckte die Blaupausen fürs Theater in eine Mappe und gab mir ein langes Wochenende frei, damit ich sie zu ihr runterbringen konnte.«

»Wo war die Besitzung?«

»Ich weiß es nicht. Es war im Gebirge, in einem einsamen Gebirge, wo niemals viel Menschen wohnten. Es war wie lauter grüne Luft, auch kühl, und immer ein Wind. Wenn er durch die Kiefern wehte, klang es immer wie 'ne Orgel, nur klang es nicht zahm wie 'ne Orgel. Nicht zahm: genauso klang es. Aber ich weiß nicht, wo es war. Mr. Carter hatte schon die Fahrkarte besorgt und sagte, es würde mich jemand abholen, dort, wo der Zug hielt.

Ich hab also Martha angerufen und bin nach Haus, um zu packen. Als ich nach Haus kam, hatte sie meinen Sonntagsanzug gebügelt und meine Schuhe geputzt. Mir kam's überflüssig vor, weil ich ja bloß die Pläne hinbringen und zurückkommen sollte. Aber Martha sagte, ich hätte ihr erzählt, es wären feine Gäste da. ›Und du sollst genauso fein wie die aussehn‹, sagte sie. ›Und wenn sie noch so reich sind und in die Zeitungen kommen. Du bist ebensoviel wert wie die!‹ Das war das letzte, was sie sagte, als ich in den Zug stieg, in meinem Sonntagsanzug, die Mappe unter dem Arm: ›Du bist ebensoviel wert wie die, selbst wenn sie in die Zeitung kommen.‹ Und dann ging es los.«

»Was ging los? Der Zug?«

»Nein. Es. Der Zug fuhr schon 'ne ziemliche Weile, wir waren jetzt im Freien. Da wußt ich noch nicht, daß ich ausgewählt worden war. Ich saß einfach im Zug, auf den Knien die Mappe, wo ich gut auf sie aufpassen konnte. Auch als ich wegging, um Eiswasser zu trinken, wußt ich noch nicht, daß ich ausgewählt war. Ich trug die Mappe bei mir, und ich stand da und sah aus dem Fenster und trank aus dem kleinen Papierbecher. Neben dem Geleise lief eine Böschung entlang, mit einem weißen Zaun obendrauf, und hinter dem Zaun konnte ich Tiere sehn, aber der Zug fuhr zu schnell, als daß ich hätte unterscheiden können, was für Tiere es waren.

Ich hatte den Becher also noch mal gefüllt und trank und blickte auf die Böschung und den Zaun, und plötzlich hatte ich ein Gefühl, als würde ich aus der Erde gerissen. Ich konnte sehen, wie die Böschung und der Zaun fortwirbelten. Und dann sah ich es. Und gerade, als ich es sah, da war's mir, als wäre etwas in meinem Kopf geplatzt. Wissen Sie, was ich gesehen habe?«

»Was haben Sie gesehen?«

Er sah mich scharf an. »Ich habe ein Gesicht gesehn. In der Luft, über dem weißen Zaun auf der Böschung oben hat's mich angesehn. Es war kein Menschengesicht, denn es hatte Hörner, und es war kein Ziegengesicht, denn es hatte einen Bart, und es sah mich an mit Augen wie ein Mensch, und sein Mund stand offen, als sagte es was zu mir: gerade im Augenblick, als etwas in meinem Kopf platzte.«

»Ja. Und was haben Sie dann gemacht?«

»Sie denken sicher: ›Er hat eine Ziege hinter dem Zaun gesehn.‹ Ich weiß schon. Aber ich hab Sie nicht gebeten, mir zu glauben. Vergessen Sie das nicht! Denn in den fünfundzwanzig Jahren bin ich drüber weg, ob die Leute mir glauben oder nicht. Das genügt mir. Und ich glaube, auf was andres kommt's nicht an.«

»Ja«, sagte ich. »Was haben Sie dann gemacht?«

»Dann hab ich dagelegen, mit einem ganz nassen Gesicht, aber Mund und Kehle brannten mir wie Feuer. Der Mann nahm die Flasche von meinem Mund weg (zwei Männer waren da, der Schaffner und der Zugführer), und ich hab versucht, mich aufzusetzen. ›In der Flasche da ist Whisky!‹ hab ich gesagt.

›Aber bestimmt nicht, alter Junge!‹ erwiderte der Mann. ›Einem Mann wie Ihnen würd ich nämlich keinen Whisky geben. Jeder, der Sie ansieht, weiß doch sofort, daß Sie nie im Leben 'n Drink gehabt haben. Oder?‹ Ich sagte ihm, daß er recht hätte. ›Natürlich‹, sagte er. ›Man konnt's schon an der Art sehen, wie die Kurve Sie umgeschmissen hat, daß Sie zum alkoholfreien Frauenverein gehören. Aber Sie haben sich 'ne Beule auf'm Kopf geholt. Wie ist Ihnen jetzt? Hier, nehmen Sie noch 'n kleinen Schluck von der Medizin!‹

›Die sieht mir aber ganz wie Whisky aus‹, hab ich gesagt.«

»War es Whisky?«

»Ich weiß nicht. Hab's vergessen. Vielleicht wußte ich's damals. Vielleicht wußte ich, was es war, als ich eine zweite

Dosis nahm. Aber das war egal, denn da war es bereits losgegangen.«

»Was? Mit dem Whisky?«

»Nein. Es. Es war stärker als Whisky. Als hätte ›es‹ von der Flasche getrunken, und nicht ich. Die Männer hielten nämlich die Flasche hoch und sahen sie an und sagten: ›Jedenfalls trinken Sie's, als wär's kein Whisky! Sie werden's bestimmt bald genug wissen, ob es Whisky war oder nicht, was?‹

Als der Zug bei der Haltestelle hielt, die auf der Fahrkarte stand, war alles grün, das Licht und auch die Berge. Ein Wagen war da, und die beiden Männer, als sie mir vom Zug runterhalfen und mir die Mappe gaben; und ich stand da und sagte: ›Laß sie sausen!‹ Ja, das hab ich gesagt: ›Laß sie sausen!‹, und die beiden Männer sahen mich so an, wie Sie mich jetzt ansehn.«

»Wie denn?«

»Ja, doch. Aber Sie brauchen mir nicht zu glauben. Und ich hab ihnen gesagt, sie müßten warten, bis ich die Flöte hätte ...«

»Die Flöte?«

»Es war auch ein Laden da. Der Laden und der Bahnhof, und dann die Berge und die grüne Kälte ohne ein bißchen Sonne, und die Erde, wo der Wagen stand, wie'n bißchen blaß. Dann fuhren wir ...«

»Aber die Flöte!« sagte ich.

»Ja, die hab ich im Laden gekauft. Es war 'ne blecherne, mit Löchern drin. Aber irgendwie konnt ich's nicht gleich rauskriegen. Deshalb warf ich die Mappe in den Wagen und sagte: ›Laß sie sausen!‹ Ja, das hab ich gesagt. Einer von den beiden nahm die Mappe aus dem Wagen und gab sie mir wieder und sagte: ›Hör mal, alter Junge, ist die nicht wertvoll?‹, und ich nahm sie und warf sie noch mal in den Wagen zurück und sagte: ›Laß sie sausen!‹

Wir fuhren alle drei auf dem Vordersitz, und ich in der

Mitte. Wir haben gesungen. Es war kalt, und wir fuhren am Fluß entlang und sangen und kamen zu der Mühle und hielten. Während der eine in die Mühle ging, fing ich an, mir meine Sachen auszuziehen.«

»Ihre Sachen?«

»Ja, meinen Sonntagsanzug. Zog ihn aus und warf ihn einfach in den Staub runter, weiß Gott!«

»War es denn nicht kalt?«

»Doch. Es war kalt! Ja. Als ich meine Sachen auszog, spürte ich die Kälte. Dann kam der eine mit einem Krug aus der Mühle, und wir tranken aus dem Krug ...«

»Was war in dem Krug?«

»Weiß ich nicht. Kann mich nicht erinnern. Es war kein Whisky! Das merkte ich dadran, wie's aussah. Es war so klar wie Wasser!«

»Konnten Sie's denn nicht am Geruch erkennen?«

»Ich rieche nichts, verstehn Sie? Weiß nicht, wie man das nennt! Aber seit meiner frühesten Kindheit konnte ich manches nicht riechen. Die Leute sagen immer, deshalb hätt ich's hier unten fünfundzwanzig Jahre lang ausgehalten!

Wir tranken also, und ich ging ans Brückengeländer. Und gerade, als ich springen wollte, konnte ich mich im Wasser sehen! Und ich wußte, daß es da schon passiert war. Denn mein Körper war ein menschlicher Körper. Aber mein Gesicht war das gleiche Gesicht, das in der Bahn in meinem Kopf aufgetaucht war, das Gesicht mit den Hörnern und dem Bart.

Als ich wieder im Wagen saß, haben wir wieder aus dem Krug getrunken und gesungen, nur daß ich nach einer Weile mein Unterzeug und meine Hose wieder angezogen habe, weil sie das wollten, und dann fuhren wir weiter und sangen.

Als das Haus zu sehen war, bin ich ausgestiegen. ›Hier dürfen Sie nicht aussteigen!‹ riefen sie. ›Wir sind hier auf dem Weideland, wo der Bulle an der Kette ist!‹ Aber ich bin aus dem Wagen ausgestiegen, mit meinem Sonntagsrock und der Mappe und der Blechflöte.«

III

Er verstummte. Er sah mich an, sehr ernst, sehr ruhig.

»Ja«, sagte ich. »Ja. Und was dann?«

Er sah mich scharf an. »Ich habe Sie nie gebeten, mir was zu glauben, nicht wahr? Das will ich Ihnen zugute halten.« Seine Hand hatte er ins Hemd gesteckt. »Bis hierher war's ziemlich schwierig für Sie, was? Aber jetzt will ich's Ihnen erleichtern!«

Er zog eine leinene Geldtasche hervor. Sie war von ungeschickter Hand genäht und vom häufigen Gebrauch beschmutzt worden. Er öffnete sie. Doch ehe er den Inhalt hervorholte, sah er mich wieder an. »Sind Sie ein nachsichtiger Mensch?«

»Nachsichtig?«

»Zu Menschen! Was die sich vorstellen, gesehen zu haben! Denn niemals kann etwas zwei verschiedenen Menschen gleich erscheinen. Auch nicht einem einzigen Menschen: je nachdem, von welcher Seite er es ansieht.«

»Oh, nachsichtig!« sagte ich. »Doch, natürlich!«

Er holte ein zusammengefaltetes Stück Zeitung aus der Geldtasche. Das Blatt war gelb vor Alter, und die zerrissenen Faltstellen waren sorgsam mit schmutzigen Stoffstreifen zusammengeleimt. Er öffnete sie vorsichtig, behutsam, und drehte sie um und legte sie vor mich hin auf den Tisch. »Nehmen Sie's bitte nicht in die Hand«, sagte er. »Es ist jetzt alt, und es ist das einzige Exemplar, das ich habe. Lesen Sie's!«

Ich sah es an: die verblichene Druckerschwärze, die verwischten Lettern mit dem Datum von vor fünfundzwanzig Jahren:

Verrückter im Gebirge Virginias
auf freiem Fuss!
Angesehene Dame der New Yorker Gesellschaft
in ihrem Garten überfallen!

Mrs. Carleton Van Dyming aus New York und Newport wurde im Garten ihres Landhauses von halbnacktem Verrückten und gereiztem Bullen angegriffen. Der Verrückte entkam. Mrs. Van Dyming zusammengebrochen.

Und so ging es weiter, mit Bildern und Geländeplan. Es wurde berichtet, wie Mrs. Van Dyming, die einen Mann aus dem Büro ihres New Yorker Architekten erwartete, vom Eßtisch weggerufen wurde, um, wie sie glaubte, den Angestellten des Architekten zu begrüßen. Der Bericht fuhr mit Mrs. Van Dymings eigenen Worten fort:

Ich ging in die Bibliothek, wohin der Angestellte des Architekten auf meinen Wunsch geführt worden war. Doch ich sah niemanden. Ich war im Begriff, dem Diener zu läuten, als es mir in den Sinn kam, an die Haustür zu gehen, da es bei den Landleuten dort der Brauch ist, bis an die Vordertür zu kommen und sich dann zu weigern, weiterzugehen, oder aber sich zu entfernen, bis der Hausherr oder die Dame des Hauses erscheinen. Ich ging an die Tür. Ich sah niemanden.

Ich trat auf die Veranda hinaus. Das Licht brannte, doch zuerst konnte ich niemanden sehen. Ich wollte wieder ins Haus zurückkehren, doch der Diener hatte mir deutlich ausgerichtet, daß der Wagen vom Dorf zurückgekehrt sei, und ich dachte, der Mann sei vielleicht bis an den Rand der Rasenfläche gegangen, von wo er den Bauplatz für das Theater sehen konnte und wo die Arbeiter am gleichen Tag begonnen hatten, den Boden vorzubereiten und die alten Rebwurzeln auszugraben. Ich schlug also jene Richtung ein. Ich hatte fast das Ende der Rasenfläche erreicht, als mich irgend etwas bewog, mich umzudrehen. Da sah ich wie eine Silhouette zwischen mir und der beleuchteten Veranda einen Mann, der sich vornüberbeugte und auf einem Bein stand, denn zu meinem Entsetzen war er im Begriff, sich die Hose auszuziehen.

Ich schrie laut nach meinem Mann. Als ich es tat, hatte er auch das andere Bein frei und drehte sich um und kam auf mich zugerannt, wobei er mit der einen Hand ein Messer umklammerte (ich sah, wie das Licht der Veranda auf der langen Klinge funkelte), und in der anderen Hand hielt er einen flachen, rechteckigen Gegenstand. Da drehte ich mich um und lief schreiend auf den Wald zu.

Ich hatte meinen Ortssinn völlig verloren. Ich rannte einfach ums liebe Leben. Dann entdeckte ich, daß ich im alten Rebberg war und zwischen den Reben in einer Richtung fortlief, die genau entgegengesetzt vom Haus war. Ich konnte den Mann hinter mir rennen hören, und plötzlich hörte ich, wie er seltsame Geräusche ausstieß. Es hörte sich an, wie wenn ein Kind auf einer Jahrmarktsflöte zu pfeifen versucht, und dann begriff ich, daß es sein keuchender Atem war, der an seinem zwischen die Zähne geklemmten Messer vorbeipfiff.

Plötzlich holte mich etwas ein, sauste an mir vorbei und verursachte ein ungeheures Getöse im Dickicht. Es raste so dicht an mir vorbei, daß ich seine funkelnden Augen und die Umrisse eines riesigen Tiers mit Hörnern sehen konnte, das ich eine Sekunde drauf als Carletons – Mr. Van Dymings – preisgekrönten Stier erkannte: ein so gefährliches Tier, daß Mr. Van Dyming gezwungen ist, es angekettet zu halten. Es hatte sich losgerissen und raste an mir vorbei und weiter nach vorn, wodurch es mir den Weg abschnitt, während der Verrückte mit seinem Messer mir den Rückzug abschnitt. Ich war in einer verzweifelten Lage und blieb stehen, den Rücken an einen Baum gelehnt, und schrie laut um Hilfe.

»Wie war der Stier herausgekommen?« fragte ich.

Während ich las, hatte er mein Gesicht beobachtet, wie wenn ich ein Lehrer gewesen wäre, der seinen Schulaufsatz liest. »Als ich ein Junge war, hatte ich die *Police Gazette* abonniert, wegen der Prämien. Eine war ein kleines Gerät, das garantiert jedes Schloß öffnen konnte. Ich benutzte es nicht mehr, aber ich habe es immer noch bei mir, vielleicht als einen Talisman oder dergleichen. Jedenfalls hatte ich es an jenem Abend.« Sein Blick fiel auf die Zeitung, die auf dem Tisch lag. »Wahrscheinlich erzählen die Leute, was sie gesehen zu haben glauben. Man muß also glauben, was sie zu glauben meinen. Aber in der Zeitung steht nicht, wie sie ihre Sandaletten von sich schleuderte (ich hätte mir fast das Genick gebrochen, als ich darüber stolperte), damit sie besser rennen konnte, und auch nicht, wie ich's in ihr drin ›romp-romp-romp‹ machen hörte, wie bei 'nem Brauerpferd, und auch nicht, wie ich jedesmal, wenn sie langsamer lief, wieder einen Pfiff auf der Flöte losließ, und wie sie dann wieder weiterrannte.

Ich konnte nicht mal Schritt halten mit ihr, da ich ja die Mappe trug und auch auf der Flöte zu blasen versuchte; es schien übrigens, als würde ich's nie herausbekommen. Aber das kam vielleicht daher, weil ich zu schnell mit dem Blasen begann, noch ehe ich Zeit hatte, ein bißchen zu üben, und obendrein die ganze Zeit rennen mußte. Deshalb warf ich die Mappe weg, und dann hab ich sie eingeholt, wie sie da mit dem Rücken an den Baum gelehnt stand, und wie der Stier immer rings um den Baum herumlief und ihr nichts zuleide tat, bloß immer um den Baum lief und ein mächtiges Getöse machte, und wie sie sich anlehnte und ›Carleton! Carleton!‹ flüsterte, als hätte sie Angst, ihn zu wecken.«

Im Bericht hieß es weiter:

Ich stand gegen den Baum gelehnt und glaubte bei jeder Runde, die der Stier machte, daß er mich entdecken würde. Deshalb hörte ich auf zu schreien. Dann tauchte der Mann auf, so daß ich ihn zum erstenmal deutlich sehen konnte. Er blieb vor mir stehen; während einer gleichzeitig grauenhaften und freudigen Sekunde glaubte ich, es wäre Mr. Van Dyming. ›Carleton!‹ rief ich.

Er antwortete nicht. Er hatte den Kopf gesenkt; da sah ich, daß er sich mit dem Messer in seiner Hand zu schaffen machte. ›Carleton!‹ rief ich.

›Der Teufel hol's, daß ich's nicht rausbekomme!‹ murrte er und war mit dem mörderischen Messer beschäftigt.

›Carleton!‹ rief ich, ›bist du verrückt?‹

Da blickte er auf. Ich sah, daß es nicht mein Mann war, daß ich einem Verrückten, einem Wahnsinnigen und einem rasenden Stier ausgeliefert war. Ich sah, wie der Mann das Messer an die Lippen hob und wieder das furchtbare Gekreisch hervorrief. Da bin ich in Ohnmacht gefallen.

IV

Und das war alles. Im Bericht hieß es nur noch, daß der Verrückte verschwunden sei, ohne eine Spur zu hinterlassen, und daß Mrs. Van Dyming sich in ärztlicher Behandlung befinde, und daß ein Sonderzug darauf warte, sie und ihre Familie samt allem Drum und Dran nach New York zurückzubefördern, und daß Mr. Van Dyming die Presse in einem kurzen Interview informiert hätte, die Pläne betreffs der Verschönerung des Geländes wären endgültig aufgegeben worden und der Besitz stünde zum Verkauf.

Ich faltete die Zeitung so vorsichtig zusammen, wie er es getan haben würde. »Oh«, sagte ich, »und das ist alles also?«

»Ja. Am nächsten Morgen erwachte ich bei Tagesanbruch im Wald. Ich wußte zuerst nicht, wo ich mich schlafen gelegt hatte, und auch nicht, wo ich war. Zuerst konnte ich mich nicht erinnern, was ich getan hatte. Aber das ist nicht verwunderlich. Ich glaube nicht, daß man einen Tag aus seinem Leben verlieren kann, ohne es zu wissen. Finden Sie nicht auch?«

»Ja«, sagte ich. »Das finde ich auch.«

»Ich weiß nämlich, daß ich vor Gott nicht so schlecht bin, wie ich wahrscheinlich einer Unmenge von Leuten vorkomme. Und ich glaube, daß Dämonen und ihresgleichen und sogar der Teufel selber vor Gott nicht gar so schlimm sind, wie es einem 'ne Unmenge Leute, die behaupten, mächtig viel von seinen Angelegenheiten zu verstehen, gern weismachen wollen. Finden Sie nicht, daß das stimmt?« Die Geldtasche lag offen auf dem Tisch. Aber er steckte das Zeitungsblatt nicht gleich wieder hinein.

Dann hörte er auf, mich anzusehen; sofort wurde sein Gesicht wieder scheu und kindlich. Er steckte die Finger wieder in die Geldtasche; wieder zog er sie nicht sofort hervor.

»Das ist eigentlich noch nicht alles«, sagte er, die Finger in der Geldtasche, und mit niedergeschlagenen Augen im Gesicht: diesem sanften, kindlichen, unauffälligen Gesicht, in dem ein unordentlicher, weicher Schnurrbart hing. »Als ich ein kleiner Junge war, las ich furchtbar viel. Lesen Sie auch viel?«

»O ja, reichlich.«

Aber er hörte es nicht. »Ich las von Piraten und Cowboys, und immer war ich der Anführer der Piraten oder Cowboys – ich, ein armer kleiner Bengel, der nie den Ozean gesehen hatte, ausgenommen in Coney Island, und nie einen Baum, ausgenommen tagein, tagaus am Washington Square. Doch ich hab von ihnen gelesen und hab wie jeder Junge geglaubt, daß eines Tages ... daß das Leben mir nicht so einen Streich spielen würde: mir erst das Leben schenken und dann ... Als ich an jenem Morgen nach Hause fuhr, um mich für die Bahnfahrt bereitzumachen, sagte Martha: ›Du bist ebensoviel wert wie jeder von den Van Dymings, und wenn sie noch sooft in die Zeitung kommen! Wenn alle Leute, die es verdienten, in die Zeitungen kämen, dann wär nicht genug Platz für sie in der Park Avenue, und nicht mal in Brooklyn‹, sagt sie.« Er zog die Finger aus der Geldtasche. Diesmal war es nur ein Zeitungsausschnitt, eine Spalte breit, den er mir reichte, ebenfalls vergilbt und verblaßt, und nicht lang:

GEHEIMNISVOLLES VERSCHWINDEN
VERBRECHEN BEFÜRCHTET
Wilfred Middleton, New Yorker Architekt,
im Landhaus eines Millionärs verschwunden.
DIE POLIZEI SUCHT DIE LEICHE DES ARCHITEKTEN,
DEN WAHRSCHEINLICH EIN VERRÜCKTER IN DEN BERGEN
VIRGINIAS ERMORDET HAT!
Möglicher Zusammenhang mit dem geheimnisvollen
Angriff auf Mrs. Van Dyming.
Panik herrscht bei den Bewohnern der umliegenden Täler.

.... Va., 8. April .... Wilfred Middleton, 56 Jahre alt, Architekt aus New York City, verschwand irgendwann am 6. April auf rätselhafte Art, als er sich zum Landhaus von Mrs. Van Dyming begab. In seinem Besitz befanden sich einige wertvolle Zeichnungen, die heute morgen in der Nähe der Van Dymingschen Besitzung aufgefunden wurden und damit den ersten Anhaltspunkt lieferten. Der Polizeichef Elmer Harris hat den Fall übernommen und wartet jetzt auf die Ankunft einer Gruppe von Detektiven aus New York, wonach er eine rasche Lösung verspricht, falls diese von der Geschicklichkeit von Kriminologen abhängt.

DER VERBLÜFFENDSTE FALL WÄHREND
SEINER GANZEN LAUFBAHN

»Wenn ich das Rätsel um den verschwundenen Architekten löse«, erklärte Polizeiinspektor Harris, »dann werde ich gleichzeitig den Überfall auf Mrs. Van Dyming geklärt haben.«

Middleton hinterläßt eine Frau, Mrs. Martha Middleton, ... Straße in Brooklyn.

Er beobachtete mein Gesicht. »Es ist nur ein Irrtum dabei«, sagte er.

»Ja«, erwiderte ich. »Sie haben Ihren Namen falsch geschrieben.«

»Ich habe mich gefragt, ob Sie es merken würden. Aber das ist nicht der Irrtum ...« Er hatte noch einen andern Zeitungsausschnitt in der Hand, den er mir jetzt reichte. Er war wie die beiden andern: vergilbt und verblaßt. Ich betrachtete sie, die verblaßten, friedfertigen Lettern, aus denen, wie durch ein dünnes, morsches Netz, die alte Gewalttat irgendwie entwichen war und weniger als die tote Gebärde übriggelassen hatte, die in stillen Staub versank. »Lesen Sie das hier! Nur ist es nicht der Irrtum, an den ich dachte. Doch damals konnten sie das nicht wissen ...«

Ich las, ohne auf ihn zu hören. Es war die Veröffentlichung eines Briefes, ein Abdruck in der ›Seufzerspalte‹:

An den Redakteur *New Orleans, La.,*
New York Times
New York, N.Y.

Sehr geehrter Herr,

In Ihrer Nummer vom 8. April dieses Jahres haben Sie den Namen der erwähnten Person falsch geschrieben. Der Name lautet Midgleston und nicht Middleton. Wäre Ihnen dankbar, diesen Irrtum in allen Spalten in den kleineren und größeren Städten zu berichtigen, da die Presse in jedem amerikanischen Heim eine Waffe mit gutem oder schlechtem Einfluß ist. Und eine so gewichtige Macht kann sich keine Irrtümer leisten, auch nicht in bezug auf Leute, die soviel wert sind wie jeder Mann oder jede Frau, selbst wenn sie nicht jeden Tag in die Zeitung kommen.

Nochmals besten Dank,

und hochachtend,

ein Freund

»Oh«, sagte ich. »Ich verstehe! Sie haben es berichtigt.«

»Ja. Aber das ist nicht der Irrtum. Das habe ich bloß ihr zuliebe gemacht. Sie wissen ja, wie Frauen sind. Sie hätte es wahrscheinlich lieber gehabt, ihn überhaupt nicht in den Zeitungen zu sehen, als falsch geschrieben.«

»Sie?«

»Meine Frau. Martha. Bei dem Irrtum ging es darum, ob sie sie bekommen hat oder nicht.«

»Ich sehe nicht ... vielleicht erzählen Sie es mir lieber!«

»Das will ich gerade tun. Ich habe mir zwei vom ersten verschafft, von dem mit dem Verschwinden, doch dann habe ich gewartet, bis der Brief veröffentlicht wurde. Dann habe ich beide in ein Stück Papier gelegt und ›Ein Freund‹ draufgeschrieben und sie in einen Umschlag gesteckt und ihr mit der Post geschickt. Aber ich weiß nicht, ob sie sie bekommen hat. Das war der Irrtum.«

»Der Irrtum?«

»Ja. Sie ist umgezogen. Sie ist in die Park Avenue gezogen, als ihr die Versicherungssumme ausbezahlt wurde. Ich hab's in einer Zeitung gelesen, nachdem ich hierherkam. Da hieß es, daß Mrs. Martha Midgleston von der Park Avenue einen jungen Mann geheiratet hat, der mit dem Hause Payot an der Fifth Avenue liiert war. Es stand nicht drin, wann sie umgezogen ist, daher weiß ich nicht, ob sie sie bekommen hat.«

»Oh«, sagte ich. Er steckte die Zeitungsausschnitte wieder vorsichtig in die leinene Geldtasche.

»Ja, sir. So sind die Frauen. Es kostet einen Mann nicht

viel, ihnen dann und wann eine Freude zu machen. Sie verdienen es nämlich: sie haben es schwer. Aber ich war ja nicht derjenige. Wie sie's schrieben, das war mir einerlei. Was bedeutet ein Name schon für einen Mann, der was getan hat und gewesen ist, was weder vorgesehen noch geplant ist, daß ein sterbliches Menschenwesen so was tun oder sein soll?«

Das Bein

I

Das Boot unter uns – es war eine Jolle mit geflicktem, wettergrauem Segel – machte zwei Schläge, während ich mit angehobenen Riemen auf meiner Bank saß und sie über die Schulter weg beobachtete und George sich an den Pfosten anklammerte und der schönen Everbe Corinthia etwas aus Milton vordeklamierte. Als sie den letzten Gang machte, blickte ich mich nach George um. Doch er steckte jetzt ziemlich tief in der zweiten Rede des *Comus* und reckte sein schiefes Gesicht und den kurzgeschorenen roten Kopf in den strahlenden Nachmittag.

»Laß los, George!« rief ich. Aber er hielt uns eisern am Pfosten fest, den Wachstuchhut schwenkend, und deklamierte seine schöne und rhythmische Narretei, wie wenn die Schleusen der Themse, die Zeit und alles andre ihm allein gehörten, während über uns Sabrina (oder Hebe oder Chloë oder wer weiß was für einen Namen er Corinthia gerade geben mochte) mit ihrem Milchmädchen-Teint und Haaren wie in den Sonnenglanz gegossener Honigwein und in einem ihrer ewigen, unzähligen frischen Buntdruckkleidchen über uns stand, die Hand auf dem Hebel und den Blick halb auf George und halb auf die Jolle geheftet, und pflichtschuldigst »Ja, Milord« sagte, sobald George eine Atempause einschaltete. Die Jolle luvte an und setzte sich ab; der Steuermann schrie zur Schleuse hinauf.

»Laß los, George!« sagte ich. Aber er klammerte sich immer noch an den Pfosten, in schöner und widersinniger Entrücktheit. Everbe Corinthia stand über uns, die Hand auf dem Hebel; sie zauderte ein wenig und begann eine gewisse Unruhe zu zeigen, und während ich von ihr zur

Jolle und wieder zurück auf sie blickte, dachte ich, wieviel Zeit wir beide, sie und ich, so verbracht hatten seit jenem Tag vor drei Jahren, als sie, kuhäugig und zaudernd, das erstemal für uns die Schleuse geöffnet hatte und George uns eisern festhielt und sich mit der Bildsprache Keats' und Spencers an sie gewandt hatte.

Wieder schrie die Mannschaft der Jolle uns etwas zu, während die Jolle zurückglitt und wendete. »Laß los, du Dummkopf!« sagte ich und tauchte die Riemen ein. »Schleuse, Corinthia!«

George sah mich an. Corinthia beobachtete jetzt die Jolle mit ungeteilter Aufmerksamkeit.

»Was, Davy?« fragte George. »Mußt sogar du der Circe Herden ins Meer geleiten? So rudere denn, o Super-Gadarenier!«

Und er stieß uns ab. Es war nicht meine Absicht gewesen, wegzurudern. Und selbst wenn ich's beabsichtigt hätte, hätte ich noch Widerstand leisten können, wenn Corinthia nicht die Schleuse geöffnet hätte. Aber das tat sie, öffnete sie und warf einen einzigen Blick auf uns zurück und plumpste auf die Erde, mit ihrem frisch gebügelten Kleidchen und allem übrigen. Das Boot schoß wie eine Kugel unter mir weg; ich hatte einen flüchtigen Eindruck von George, der sich noch mit einem Arm um den Pfosten klammerte, die Knie bis ans Kinn hinaufgezogen hatte und den Hut in der erhobenen Hand hielt – und von einem langen, rennenden Schatten, der quer über die Schleuse fiel und den Schatten eines Bootshakens trug. Dann war ich zu sehr mit dem Steuern beschäftigt. Ich sauste durch die Schleusentore und nahm den Anblick eines George mit, der, den Wachstuchhut noch immer kühn erhoben (gleich dem Wimpel an der Mastspitze eines Kriegsschiffs), unter die Oberfläche sank. Dann glitt ich ruhig durch stilles Wasser, während von der Jolle die weit aufgerissenen Augen von zwei Männern auf mich niederblickten.

»Sie ha'm Ihren Kameraden verloren, sir«, rief der eine von den beiden mit höflicher Stimme. Dann hatten sie mich mit einem Bootshaken längsseits gezogen, und als ich mich ins Boot stellte, sah ich George. Er stand jetzt auf dem Treidelpfad, und Simon, Everbe Corinthias Vater, und noch ein Mann – es war der mit dem Bootshaken, dessen Schatten ich quer über der Schleuse gesehen hatte – waren auch da. Doch ich sah nur George mit seinem häßlichen schiefen Gesicht und seinem runden, jetzt in der Sonne dunklen Kopf. Einer von den Bootsleuten redete noch: »Achtung, sir! Hilf ihm, Sam'l! So! Jetzt kann er's allein! 's hat ihm 'n Schreck eingejagt, als er sah, wie sein Kam'rad . . .«

»Du Dummkopf, du verdammter Dummkopf!« sagte ich. George kauerte neben mir und wrang seine durchnäßte Flanellhose aus, während Simon und der andere Mann uns zusahen: Simon mit seinem eisengrauen Gesicht und dem eisengrauen Backenbart, dank dem er haargenau wie ein alter Bulle aussah, der griesgrämig und dumm über eine winterliche Hecke stiert; und der andere, jüngere Mann mit einem rötlichen, gescheiten Gesicht in einem schweren, brettsteifen Städter-Anzug. Corinthia saß auf der Erde und weinte hilflos und still vor sich hin. »Du verdammter Dummkopf! O du verdammter Dummkopf!«

»Junge Herren aus Oxford!« sagte Simon mit grober, angewiderter Stimme. »Junge Herren aus Oxford!«

»Ach, aber ich habe Ihre Schleuse um keinen roten Penny ruiniert!« sagte George. Er stand auf und erblickte Corinthia. »Was, Circe!« rief er. »Tränen ob der Vollbringung des dir bestimmten Loses?« Er ging zu ihr, hinterließ eine Wasserspur auf der festgetretenen Erde und ergriff ihren Arm. Er kam ihm bereitwillig entgegen, doch sie selbst saß platt auf dem Boden und blickte mit hilflos überströmenden Augen zu ihm auf. Ihr Mund war leicht geöffnet, und sie saß wie ein Bild stiller Verzweiflung da und vergoß Tränen kristallner Reinheit. Simon beobachtete die beiden und umklammerte mit seiner knorrigen Hand den Bootshaken, den er dem andern Mann abgenommen hatte, der jetzt am Schleusenwerk beschäftigt war: ich wußte, daß es ihr Bruder war, der in London arbeitete und von dem uns Corinthia einmal erzählt hatte. Die Jolle war jetzt in der Schleuse, und die beiden Gesichter beobachteten uns über das Geländer hinweg wie zwei abgehackte Köpfe, die friedlich den Fußweg entlangzogen. »Komm doch!« sagte George. »Du machst dir dein Kleid schmutzig, wenn du da sitzen bleibst!«

»Steh auf, Mädchen!« rief Simon mit seiner groben Stimme, die gleichwohl frei von Bösartigkeit war, als wäre seine Grobheit nur das Medium, durch das er sich äußerte. Corinthia erhob sich gehorsam und noch immer weinend und ging langsam zu dem schmucken kleinen Taubenschlag von Häuschen, in dem sie wohnten. Die Sonnenstrahlen fielen schräg darüber hin und auf Georges lächerliche Gestalt. Er sah mich an.

»Hör mal, Davy«, sagte er, »wenn ich dich nicht besser kennte, würde ich aus deiner Miene schließen, daß du mich beneidest!«

»Meinst du?« rief ich. »Du Dummkopf! Du greulicher Idiot!«

Simon war zur Schleuse gegangen. Die beiden stillen Köpfe hoben sich langsam, als würden sie allmählich aus dem Erdboden emporgestoßen, und Simon beugte sich nun mit dem Bootshaken über die Schleuse. Er richtete sich auf, an dem einen Ende des Bootshakens das schlaffe, namenlose Etwas, das einst Georges kühner Hut gewesen war, und reichte es ihm hin. George nahm es ebenso ernst in Empfang. »Danke!« sagte er. Er grub mit der Hand in seiner Tasche herum und gab Simon ein Geldstück. »Für die Abnutzung des Bootshakens«, sagte er. »Und vielleicht auch ein wenig für Ihre berechtigte Unzufriedenheit, nicht wahr, Simon?«

Simon knurrte und wandte sich wieder der Schleuse zu. Der Bruder beobachtete uns noch immer. »Und Ihnen bin ich zu Dank verpflichtet«, sagte George. »Hoffentlich brauche ich Ihnen niemals den gleichen Dienst zu erweisen.« Der Bruder antwortete mit ein paar kurzen, ernsten Worten und in einer langsamen, angenehmen Stimme. George sah mich wieder an. »Well, Davy?«

»Komm jetzt! Laß uns gehn!«

»Du hast recht! Wo ist das Boot?« Da starrte ich ihn wieder an, und einen Augenblick starrte er mich an. Dann stimmte er ein langes, schallendes Gelächter an, während uns die beiden Köpfe in der Jolle hinter Simons granitnem und verächtlichem Rücken beobachteten. Ich konnte es fast hören, wie Simon dachte: ›Junge Herren aus Oxford!‹ – »Davy, hast du das Boot verloren?«

»Es liegt angetäut ein Stückchen stromab«, sagte die höfliche Stimme in der Jolle. »Der Herr ist rausgestiegen, als wär's 'n Taxi, und hat sich nicht nach ihm umgesehn!«

Der Juninachmittag ließ seine schrägen Strahlen über meine Schultern fallen und beleuchtete Georges Gesicht. Er weigerte sich, meine Jacke zu nehmen. »Ich werde stromab rudern, das macht warm«, sagte er. Der ehemals lackierte Hut lag ihm zu Füßen.

»Warum wirfst 'n das Ding nicht weg?« fragte ich. Er ruderte gleichmäßig und blickte mich an. Die Sonnenstrahlen trafen ihn mitten in die Augen und verwandelten die gelben Pünktchen in ihnen in flitzende, glimmerähnliche Funken.

»Der Hut da!« sagte ich. »Was willst 'n mit dem?«

»Oh! Der? Soll ich das Symbol meiner Seele wegwerfen?« Er zog den einen Riemen ein und hob den Hut auf und drehte sich um und pflanzte ihn auf den Steven, wo er in kühner und leichtfertiger Fröhlichkeit hängenblieb. »Das Symbol meiner Seele, geborgen aus der Tiefe von ...«

»Rausgefischt an einer Stelle, wo er nicht hingehört, von einem staatlichen Angestellten, der seinen staatlichen Pflegling nicht verunreinigt sehen wollte!«

»Immerhin gibst du die Symbolik zu«, sagte er. »Und daß der Staat ihn geborgen hat. Er gilt dem Staat also etwas. Und mir zuviel, um ihn wegzuwerfen. Das, was du vor dem Tod oder Unglück errettet hast, wird dir auf immer teuer sein, Davy; du kannst es nicht ignorieren. Außerdem duldet's das gar nicht. Wie sagt ihr Amerikaner doch gleich?«

»Wir sagen *bunk*[7]. Warum nicht mal ein Weilchen den Fluß benutzen? Dafür zahlt man ja.«

Er sah mich an. »Ah! Das ist ... na, jedenfalls ist's amerikanisch. Das ist schon etwas.«

Doch er geriet wieder in die Strömung. Ein Schleppkahn kam stromauf, getreidelt. Wir machten ihm Platz und sahen ihn vorbeiziehen, leer und ohne Lebenszeichen, mit feierlicher Unerbittlichkeit, wie ein riesiger, unbeladener Leichenwagen, und längs des Treidelpfades die breitkruppigen Pferde, die, gefolgt von einem Jungen mit geflickter Jacke und mit einer abgeschälten Rute, teilnahmslos einherzottelten. Wir blieben allmählich zurück. Ein unbewegliches Gesicht mit einer kalten Pfeife zwischen den Zähnen betrachtete uns übern Freibord hinweg mit Augen, leer und ohne jeden Gedanken.

»Wenn ich hätte wählen können«, sagte George, »hätte ich mich gern von dem Kerl da drüben aus dem Wasser ziehen lassen! Kannst du dir vorstellen, wie er in aller Seelenruhe einen Bootshaken aufhebt und dich herausfischt, ohne auch nur die Pfeife in den andern Mundwinkel zu stecken?«

»Dann hättest du dir eine andre Stelle aussuchen müssen! Doch mir scheint, du bist nicht in der Lage, dich zu beklagen.«

»Aber Simon ließ sich seinen Ärger anmerken. Nicht Überraschung oder Anteilnahme: schlichtweg Ärger! Es paßt mir nicht, von einem verärgerten Mann mit dem Bootshaken ins Leben zurückgeholt zu werden!«

»Das hättest du vorher sagen müssen. Simon war nicht verpflichtet, dich zu retten. Er hätte die Schleusentore schließen können, bis er wieder hohen Wasserstand hatte, und dich dann einfach aus seinem Amtsbezirk herausschwemmen können, ohne dich anzurühren – und hätte sich damit Mühe und Undankbarkeit erspart. Ganz abgesehen von Corinthias Tränen.«

»Ach ja, Tränen! Corinthia wird mir wenigstens von jetzt an ein zartes Andenken bewahren!«

»Ja; aber nur, wenn du nicht rausgekommen wärst. Oder überhaupt nicht reingefallen wärst. In die dreckige Schleuse zu fallen, bloß, um dich bis zu Ende theatralisch zu gebärden. Ich denke ...«

»Denke nicht, mein guter Junge! Wenn ich die Wahl hätte, mich an das Boot anzuklammern und mich sicher und sanft abschleppen zu lassen, oder den dummen kleinen Göttern eine Lüge nachzuweisen, noch dazu zum niedrigen Preis, zeitweilig unterzutauchen in diesem ...« Er ließ den einen Riemen los und tauchte die Hand ins Wasser; dann spritzte er sie tropfend und mit possenhafter Großspurigkeit über dem Fluß ab. »O Themse!« rief er. »Du gewaltige Kloake eines Weltreichs!«

»Könntest du steuern?« sagte ich. »Ich habe lange genug in Amerika gelebt, um etwas über Englands Stolz gelernt zu haben.«

»Und deshalb hättest du ein Bad in dieser dreckigen alten Kloake, die unser Land bespülte, lange bevor ER, der sie erschuf, es nötig hatte, Gott zu erfinden ... einen Fels, um den der Mensch und all sein marktschreierisches Getöse zu Dreck vergärt ...«

Wir waren damals einundzwanzig; wir sprachen so und wanderten durch jenes friedliche Land, wo die alten prachtvollen blutigen Taten, die Geister irrender und tapferer

Männer als grün überwucherte Petrefakten in jedem Stein und Baum schlummerten. Denn es war im Jahre 1914, und in den Parks spielten die Kapellen *Valse Septembre*, und Mädchen und junge Männer glitten in Kähnen auf dem mondhellen Fluß dahin und sangen *Mister Moon* und *There's a bit of Heaven*, und George und ich saßen im Christ Church College in einem Fenster, während die Vorhänge im Zwielicht flüsterten, und sprachen von Mut und Ehre und Napier und Liebe und Ben Jonson und dem Tod. Im folgenden Jahr, 1915, spielten die Kapellen *God save the King*, und die restlichen von den jungen Männern – und einige nicht mehr ganz so junge – sangen im Schlamm *Mademoiselle of Armentières*, und George war tot.

Er war im Oktober ausgerückt, als Unteroffizier in dem Regiment, in dem seine Vorfahren wie in Erbfolge als Obersten gedient hatten. Zehn Monate später sah ich ihn mit einer Ordonnanz am Stadtrand von Givenchy hinter einem zertrümmerten Schornstein sitzen. Er hatte sich ein Telefon über die Ohren geschnallt und aß etwas, mit dem er mir winkte, während wir vorbeirannten und in den Keller stürzten, den wir gesucht hatten.

II

Ich sagte ihm, er solle warten, bis sie mir den ganzen Äther gegeben hätten; so viele von ihnen gingen hin und her, daß ich Angst hatte, einer würde ihn streifen und entdecken. »Und dann müßtest du zurück«, sagte ich.

»Ich werde achtgeben«, erwiderte George.

»Du mußt nämlich was für mich tun«, sagte ich. »Du mußt!«

»All right. Ich tu's. Was ist denn?«

»Warte, bis sie weg sind, dann kann ich's dir sagen. Du mußt es tun, weil ich's nicht kann. Versprich mir, daß du's tun wirst!«

»Ja, ich verspreche es.« Wir warteten also, bis sie fertig waren und an meinem Bein unten arbeiteten. Dann kam George näher. »Was ist's?« fragte er.

»Mein Bein«, sagte ich. »Du mußt dich überzeugen, daß es bestimmt tot ist. Sie sägen's vielleicht in aller Eile ab und vergessen es.«

»Gut. Ich sorge dafür.«

»Das könnte ich nämlich nicht ertragen. Das ginge einfach nicht! Sie könnten es begraben, und dann könnte es nicht stilliegen. Und dann würde es sich verlaufen, und wir könnten nichts tun, um es wiederzufinden.«

»Gut. Ich gebe acht.« Er sah mich an. »Aber ich muß nicht zurück.«

»Du mußt nicht? Du mußt überhaupt nicht zurück?«

»Ich bin raus. Du bist noch nicht raus. Du mußt zurück.«

»Ich bin nicht raus?« sagte ich ... »Dann wird's ja noch viel schwieriger sein, es zu finden. Du kümmerst dich also drum ... Und du mußt nicht zurück. Hast Glück, was?«

»Ja, ich hab Glück. Hab immer Glück gehabt! Hab die dummen kleinen Götter Lügen gestraft, für den geringen Preis, zeitweilig unterzutauchen im ...«

»Es waren Tränen da«, sagte ich. »Sie hatte sich auf die Erde fallen lassen, um sie zu weinen.«

»Aye, Tränen«, sagte er. »Die Tränenflut aller Menschen unter dem Himmel. Entsetzen und Verachtung und Haß und Furcht und Empörung, und die Welt im Dreck vergärend, dieweil man zusieht.«

»Nein. Sie saß eines grünen Nachmittags auf der Erde und beweinte das Symbol deiner Seele.«

»Nicht das Symbol, sondern weil der Staat es errettet, es aufgespart hatte. Sie beweinte die Klugheit.«

»Aber es waren Tränen da ... Und du kümmerst dich darum? Du gehst nicht weg?«

»Aye«, sagte George. »Tränen.«

Im Spital war es besser. Es war ein langer Saal, ein ewiges Kommen und Gehen, und ich brauchte nicht die ganze Zeit Angst zu haben, daß sie ihn fänden und fortschickten, obwohl es hin und wieder doch vorkam – dann platzten Schwester oder Wärter uns mitten ins Gespräch hinein, mit allgegenwärtigen Händen und heiter aseptischen Stimmen: »Aber, aber! Er geht ja nicht weg! Ja, ja, er kommt wieder! Liegen Sie jetzt still!«

Ich mußte also bis zu seiner Rückkehr liegenbleiben und das klaffende Gefühl unterhalb meiner Hüfte, wo die Nerven- und Muskel-Enden zwickten und zuckten, einkreisen und einhüllen.

»Kannst du es nicht finden?« fragte ich. »Hast du richtig gesucht?«

»Ja. Ich habe überall gesucht. Ich bin wieder zurückgekehrt, um dort zu suchen, und ich habe auch hier gesucht. Es ist sicher in Ordnung. Sie müssen es getötet haben.«

»Nein, sie taten's nicht! Ich habe dir gleich gesagt, sie würden es vergessen.«

»Woher willst du wissen, daß sie's vergessen haben?«

»Ich weiß es. Ich kann es fühlen. Es verhöhnt mich. Es ist nicht tot.«

»Also wenn es dich bloß verhöhnt ...«

»Ich weiß. Aber das geht nicht! Verstehst du nicht, daß es nicht geht?«

»Also gut. Ich will's noch mal suchen.«

»Du mußt! Du mußt es finden! Ich mag das gar nicht.«

Er suchte also nochmals. Er kam wieder und setzte sich hin und sah mich an. Seine Augen waren hell und aufmerksam.

»Du brauchst deshalb nicht bedrückt zu sein«, sagte ich. »Eines Tages wirst du's finden. Es macht nichts; es ist bloß ein Bein. Es hat nicht mal ein zweites Bein, mit dem es gehen könnte.« Er sagte noch immer nichts, sah mich nur an. »Wo wohnst du jetzt?«

»Da oben«, sagte er.

Ich sah ihn ein Weilchen an. »Oh«, sagte ich. »In Oxford?«

»Ja.«

»Oh«, sagte ich. »Weshalb bist du nicht nach Hause gegangen?«

»Ich weiß es nicht.«

Er sah mich noch immer an. »Ist es jetzt schön dort? Das muß es ja sein. Sind die Kähne noch auf dem Fluß? Singen sie noch in den Kähnen, wie damals in jenem Sommer – die jungen Männer und die jungen Mädchen, meine ich?« Er sah mich an, mit großen Augen, etwas feierlich.

»Gestern abend hast du mich im Stich gelassen«, sagte er.

»Wirklich?«

»Du bist ins Boot gesprungen und weggefahren! Deshalb kam ich wieder her.«

»Wirklich? Wohin fuhr ich?«

»Ich weiß es nicht. Du hast dich beeilt, stromaufwärts. Du hättest es mir sagen können, wenn du allein sein wolltest. Du brauchst nicht vor mir auszureißen.«

»Ich werd's nicht wiedertun!« Wir sahen einander an. Wir sprachen jetzt ruhig miteinander. »Du mußt es also jetzt finden!«

»Ja. Kannst du mir sagen, wo es ist?«

»Ich weiß es nicht. Das ist es ja gerade!«

»Fühlt es sich so an, wie wenn es was tut, was du nicht willst?«

»Ich weiß es nicht. Du mußt es also finden! Finde es schnell! Finde es und erledige es, damit es tot bleiben kann.«

Aber er konnte es nicht finden. Wir sprachen ruhig darüber und schwiegen zwischendurch und sahen einander an. »Kannst du mir denn gar nicht sagen, wo es sein könnte?« fragte er. Ich saß jetzt aufrecht im Bett und übte mich darin, mich an das Ding aus Holz und Leder zu gewöhnen. Die klaffende Lücke war noch da, aber wir hatten etwas wie einen mürrischen Waffenstillstand geschlossen. »Vielleicht hat es darauf gewartet«, sagte er. »Jetzt kann ich vielleicht ...«

»Vielleicht. Ich hoffe es! Aber sie hätten nicht vergessen sollen ... Bin ich seit jenem Abend noch mal weggelaufen?«

»Ich weiß es nicht.«

»Du weißt es nicht?« Er sah mich mit seinen hellen, aufmerksamen, verblassenden Augen an. »George!« rief ich. »Warte, George!« Aber er war weg.

Ich habe ihn lange Zeit nicht wiedergesehen. Ich war damals in der Beobachterschule (es war nicht nötig, zwei Beine zu haben, um ein Maschinengewehr und einen Schlüssel für die Funkerei zu bedienen und, auf dem Klavierhokker des Bordschützen in einer R.E. oder F.E. sitzend, Landkarten zu berichtigen), und ich hatte meinen Kurs fast beendet. Daher waren meine Tage reichlich ausgefüllt, dank der Arbeit und dank der Gewißheit der Jugend, die so eigenmächtig zwischen Wahrheit und Illusion unterscheidet und die jene Grenzlinie zwischen Wahrheit und Fieberwahn, die den Weisen Kopfzerbrechen macht, mit einer solchen Selbstsicherheit festsetzt. Und meine Nächte waren auch ausgefüllt: meine Nerven- und Muskel-Enden litten jetzt unter einer greifbaren Ursache: dem Holz-und-Leder-Bein. Doch die Lücke war noch da, und, isoliert durch die Unsichtbarkeit, füllte sie sich in der Nacht manchmal gegen meinen Willen mit der Unermeßlichkeit der Finsternis und Stille. Dann, am schwanken Ufer des Schlafs, glaubte ich wohl, daß er es endlich gefunden und dafür gesorgt hatte, daß es tot war, und daß er eines Tages zurückkehren und mir darüber berichten würde. Dann hatte ich den Traum. Plötzlich wußte ich, daß ich es bald entdecken würde. Ich konnte im Dunkeln die dunklen Wände der Korridore und die unsichtbare Ecke spüren, und ich wußte, daß es gleich um die Ecke war. Ich konnte einen scharfen Tiergeruch wahrnehmen. Es war ein Geruch, wie ich ihn noch nie wahrgenommen hatte, doch ich erkannte ihn sofort, als er aus den alten, stinkenden Höhlen, wo die Erfahrung begann, den Korridor entlangwehte. Ich empfand Furcht und Widerwillen und Entschlossenheit, wie wenn man plötzlich neben einem Gartenweg eine Schlange ahnt. Und dann war ich wach und starr und schwitzte; die Dunkelheit umflutete mich mit ihrem langen, rauschenden Seufzen. Ich lag da, den schwächer werdenden Geruch in den Nüstern, und während mein Schweiß kühl wurde, starrte ich ins Dunkel hinauf und wagte es nicht, die Augen zu schließen. Ich lag auf dem Rücken, wie ein Kringel um das klaffende Loch gekrümmt, während der Geruch schwächer wurde. Endlich war er verschwunden, und George sah mich an.

»Was hast du, Davy?« fragte er. »Kannst du mir nicht sagen, was du hast?«

»Es ist nichts.« Ich schmeckte den Schweiß auf meinen Lippen. »Es ist gar nichts! Ich tu's nicht wieder. Ich schwöre dir, daß ich's nie wieder tue!«

Er sah mich an. »Du sagtest, du müßtest wieder in die Stadt zurückkehren. Und dann sah ich dich auf dem Fluß. Du hast mich gesehen und dich versteckt, Davy! Du bist unters Ufer gerudert, in den Schatten. Ein Mädchen war bei dir.« Er beobachtete mich; seine Augen waren hell und ernst.

»Schien der Mond?« fragte ich.

»Ja, es war Mondschein.«

»O mein Gott, mein Gott!« rief ich. »Ich will es nicht wiedertun, George. Du mußt es finden! Du mußt!«

»Ach, Davy!« sagte er. Sein Gesicht fing an zu verblassen.

»Ich will's nicht! Ich will's nicht wiedertun!« rief ich. »George! George!«

Ein Streichholz flammte auf; aus der Finsternis über mir sprang ein Gesicht. »Wachen Sie auf!« sagte es. Ich lag schwitzend da und starrte es an. Das Streichholz brannte herunter, und das Gesicht sank ins Dunkel zurück, aus dem die körperlose Stimme kam: »Geht es jetzt besser?«

»Ja, danke. Ich habe geträumt. Verzeihung, daß ich Sie geweckt habe!«

Die nächsten paar Nächte wagte ich es nicht, mich in Schlaf sinken zu lassen. Aber ich war jung, mein Körper wurde wieder kräftig, und ich war den ganzen Tag im Freien; eines Nachts überfiel mich der Schlaf unversehens, und als ich am nächsten Morgen erwachte, begriff ich, daß ich ihm entgangen war – einerlei, was es sein mochte. Ich fand eine Art Frieden. Die Tage vergingen; ich hatte alles über die Geschütze und die drahtlose Funkerei und die Landkarten gelernt, besonders aber, nicht das zu beobachten, was nicht beobachtet werden durfte. Mein Schenkel hatte sich fast mit dem neuen Glied ausgesöhnt, und da ich jetzt befreit war vom Treiben des Ausgestoßenen, konnte ich meine ganze Zeit daran wenden, George zu suchen. Aber ich fand ihn nicht; irgendwo in den labyrinthischen Gängen, wo die Mutter der Träume wohnt, hatte ich sie beide verloren.

Daher bemerkte ich ihn zuerst gar nicht, selbst dann nicht, als er neben mir im Korridor stand, gleich um die Ecke, wo Es wartete. Der Schwefelgestank war rings um mich her; ich empfand Entsetzen und Furcht und etwas Unsagbares: Entzücken. Ich glaube, ich empfand, was Frauen in den Wehen empfinden. Und dann war George da und sah ruhig auf mich nieder. Er hatte stets neben meinem Kopf gesessen, damit wir miteinander sprechen konnten, doch jetzt stand er hinter dem Fußende des Bettes und sah auf mich nieder, und ich wußte, daß es der Abschied war.

»Geh nicht, George!« sagte ich. »Ich tu's nicht wieder! Ich tu's nie wieder, George!« Doch sein ruhiger, ernster Blick verblaßte langsam, unerbittlich, kummervoll, aber ohne Vorwurf. »Dann geh!« sagte ich. Meine Zähne auf meiner Lippe fühlten sich so trocken wie Sandpapier an. »Dann geh!«

Und das war das Ende. Er kam nie zurück, und der

Traum auch nicht. Ich wußte, daß er nicht wiederkommen würde, wie ein Kranker weiß, daß seine Krankheit nicht wiederkommen wird, wenn er mit seinem erschöpften und friedlichen und schwachen Körper wachliegt. Ich wußte, daß der Traum entflohen war. Ich wußte es, als ich merkte, daß ich voller Mitleid an ihn dachte. ›Armer Teufel!« dachte ich. ›Armer Teufel!‹

Aber er hatte George mitgenommen. Manchmal, wenn das Dunkel und die Einsamkeit mich meiner selbst beraubt hatten, dachte ich, daß er vielleicht, als er es tötete, selber sein Leben verloren hatte: der Tote starb, um den Toten zu erschlagen. Ich suchte ihn hin und wieder in den Korridoren des Schlafs, aber vergebens; ich verbrachte eine Woche bei seinen Angehörigen in Devon, in einem weitläufigen Haus, wo hinter jedem Stock und Stein sein schiefes, häßliches Gesicht und sein runder, rötlicher Kopf sich mir entzogen – und auch sein Glaube, daß Marlowe ein besserer lyrischer Dichter als Shakespeare war, und Thomas Campion größer als beide, und der Atem kein Spielzeug, dem Menschen zu seinem Vergnügen gegeben. Doch ich sah ihn nie wieder.

III

Der Padre war im Dunkeln von Poperinghe im Beiwagen eines Motorrades hergekommen. Er saß am andern Ende des Tisches und sprach von dem Bruder Everbe Corinthias und dem Sohne Simons, von Jotham Rust, den ich dreimal in meinem Leben gesehen hatte. Gestern sah ich Jotham, der wegen Fahnenflucht vors Kriegsgericht gestellt worden war, zum dritten- und letztenmal: er war nur noch ein gespenstiges Abbild des einst so kräftigen Mannes mit dem rötlichen, gescheiten Gesicht, der George an jenem Nachmittag vor drei Jahren mit dem Bootshaken aus der Themse gezogen hatte und der jetzt zum Tode verurteilt worden war und der weder mildernde Umstände noch eine Erklärung anzuführen hatte und Gnade weder erwartete noch erbat.

»Er will keine Gnade«, sagte der Padre. Der Padre war ein braver, rechtschaffener Mann, Inhaber einer bescheidenen Pfründe, irgendwo in den Midlands, der mit der gütigen und ehrlichen Einfalt seiner Ansichten zu dem letzten Fleck auf der Welt gekommen war, wo er Platz für sie hätte finden können. »Er will nicht leben.« Seine Miene war nachdenklich und bedrückt, betroffen und verwirrt. »Im Leben eines jeden Menschen kommt eine Zeit, wenn die Welt ihm ihre dunkle Seite zukehrt und wenn jedermanns Schatten sein Todfeind ist. Dann muß er sich an Gott wenden oder untergehn. Doch er ... Ich kann anscheinend nicht ...« In seinen Augen stand die schwerfällige Verwirrung von Ochsen; das rasierte Kinn über seinem steifen Kragen war mutlos, aber noch nicht besiegt. »Und Sie sagen, daß Sie keinen Grund kennen, weshalb er Sie angegriffen hat?«

»Ich habe den Mann davor nur zweimal gesehen«, erwiderte ich. »Das eine Mal war es im vorvorigen Jahr, das andere ... vor zwei oder drei Jahren, als ich in einem Boot durch seines Vaters Schleuse fuhr, während ich in Oxford studierte. Er war da, als seine Schwester uns durchschleuste. Und wenn sie mir den Namen seiner Schwester nicht genannt hätten, hätte ich mich nicht an ihn erinnert.«

Er grübelte nach. »Der Vater ist auch tot!«

»Was? Tot? Der alte Simon ist tot?«

»Ja. Er starb kurz nach der – der andern. Rust sagt, nach der Beerdigung seiner Schwester habe er seinen Vater verlassen, der noch auf dem Friedhof in Abingdon mit dem Küster sprach, und eine Woche drauf wurde ihm mitgeteilt, daß sein Vater gestorben sei. Er sagt, der Küster habe ihm erzählt, der Vater habe Anweisungen wegen seiner eigenen Beerdigung gegeben. Der Küster sagte, Simon wäre jeden Tag zu ihm gekommen, um ihn deswegen zu sprechen und alle Vorkehrungen zu treffen, und der Küster hätte ihn deswegen ein wenig verulkt, weil er so ein kerngesunder alter Bursche war, und deshalb hätte er geglaubt, er sei nur vorübergehend wegen seines frischen Kummers aus dem Gleichgewicht geraten. Und dann, nach einer Woche, war er tot.«

»Der alte Simon tot!« sagte ich. »Corinthia, dann Simon, und nun Jotham.« Die Kerzenflamme stand aufrecht und ohne zu flackern auf dem Tisch.

»Hieß sie so?« fragte er. »Everbe Corinthia?« Er saß auf dem einzigen vorhandenen Stuhl. Sogar die Umrisse seines Schattens auf der Wand hinter ihm verrieten seine Betroffenheit und Verwirrung. Das Licht fiel auf die eine Seite seines Gesichts; die Majorskrone auf der Schulter blinkte matt. Ich erhob mich von meinem Feldbett, wobei das Lederzeug an meinem Bein erschreckend laut aufquietschte, beugte mich über seine Schulter, holte eine Zigarette aus meiner magnetischen Tabakdose und fummelte mit meiner einen Hand am Streichholz herum. Er sah auf.

»Erlauben Sie!« sagte er. Er nahm die Schachtel und zündete ein Streichholz an. »Sie können von Glück sagen, daß Sie nur mit dem da davongekommen sind!« Er deutete auf meine Schlinge.

»Ja, sir. Wenn nicht mein Bein gewesen wäre, hätte ich das Messer in die Rippen anstatt in den Arm bekommen.«

»Ihr Bein?«

»Ich lehne es immer an einen Stuhl neben meinem Bett, damit ich es leichter erreichen kann. Er stolperte drüber, und davon wurde ich wach. Sonst hätte er mich wie ein Schwein abgestochen!«

»Oh«, sagte er. Er ließ das Streichholz fallen und grübelte wieder in hartnäckiger Verwirrung darüber nach. »Und doch ist es nicht das Gesicht eines Mannes, der im Dunkeln mordet. Es liegt eine Offenheit darin, ein ... ein ... wie nenn ich's nur? ein Gefühl sozialer Verantwortung und Rechtschaffenheit, das ... Und Sie sagen, daß Sie ... ich bitte um Verzeihung, ich zweifle nicht an Ihren Worten; es ist nur, weil ... Doch das Mädchen ist zweifellos gestorben; er war es, der sie entdeckte und bei ihr blieb, bis sie starb, und er war bei der Beerdigung dabei. Er hörte den Mann im Dunkeln einmal auflachen.«

»Aber man kann doch nicht einem wildfremden Menschen den Arm aufschlitzen, nur weil man jemand im Dunkeln lachen hörte, sir! Der arme Teufel ist vor lauter eigenem Unglück verrückt geworden.«

»Vielleicht«, erwiderte der Padre. »Er erzählte mir, daß er andere Beweise hätte, etwas Unanfechtbares; was, das wollte er mir nicht sagen.«

»Dann soll er's doch vorweisen! Wenn ich an seiner Stelle wäre ...«

Er grübelte und hatte seine auf dem Tisch liegenden Hände umklammert. »Es herrscht eine Gerechtigkeit im natürlichen Ablauf der Ereignisse ... Mein lieber Herr, wollen Sie die Vorsehung eines grauenvollen und sinnlosen Ulks bezichtigen? Nein, nein: wer gesündigt hat, den wird seine Sünde heimsuchen. Andernfalls ... Gott ist zumindest ein Gentleman. Verzeihen Sie mir: ich bin nicht ... Sie verstehen, wie mich das verfolgt, in unsrer unseligen Zeit, in der wir uns schon selber so viel vorzuwerfen haben. Wir sind dafür verantwortlich.« Er berührte das kleine Metallkreuz auf seiner Uniform, dann streckte er den Arm in einer umfassenden Gebärde aus, die in dem ruhigen Raum zwischen uns jene stille und unheimliche Dunkelheit schuf, in der die schönen, klangvollen Worte, von Menschen so zungenfertig vorgetragen, die Vampirzähne waren, mit denen der Vampir seiner Nahrung nachging. »Die Stimme Gottes weckt seine Diener aus der Trägheit, in die sie gesunken sind ...«

»Wie, Padre?« rief ich. »Macht die verdammte Geschichte auch Sie zum Ketzer?«

Er grübelte wieder nach, das bedrückte Gesicht im Kerzenlicht. »Das soll das Gesicht eines Mannes sein, der vorsätzlich Blut vergießt und im Dunkeln mordet? Nein, nein, das können Sie mir nicht weismachen!«

Ich versuchte es nicht. Ich sagte ihm auch nicht, daß es nur die Notlage, die Notwendigkeit gewesen war, rasch und lautlos zu handeln, die Jotham dahin gebracht hatte, ein Messer zu benutzen, irgendeinen Gegenstand: was er aber eigentlich gewollt hatte, war meine Kehle zwischen seinen Händen.

Er war auf Urlaub nach Hause gegangen, zu dem schmukken kleinen Taubenschlag neben der Schleuse, und sofort spürte er etwas Gespanntes und Unharmonisches in der Atmosphäre dort. Es war im vorigen Sommer gewesen, ungefähr zu der Zeit, als ich meinen Kurs an der Beobachterschule beendete.

Simon schien von der heimlichen Veränderung nichts gemerkt zu haben, doch Jotham war noch nicht lange zu Hause, da entdeckte er schon, daß Corinthia jeden Abend in der Dämmerung das Haus auf etwa eine Stunde verließ, und etwas in ihrer Art, oder vielleicht in der gespannten Atmosphäre des Hauses, veranlaßte ihn, sie auszufragen. Sie gab ausweichende Antworten und fuhr ihn dann plötzlich mit einem Jähzorn an, der ganz und gar nicht ihre Natur war, und dann wurde sie unterwürfig und fügsam. Doch dann begriff er, daß die Unterwürfigkeit hinterhältig und die Fügsamkeit Verstellung war; eines Abends überraschte er sie, als sie hinausschlüpfte. Er trieb sie ins Haus zurück, wo sie sich in ihr Zimmer flüchtete und die Tür verschloß, und er glaubte, von einem Fenster aus einen Blick von dem Mann zu erhaschen, der hinter einem Feld verschwand. Er verfolgte ihn, fand aber niemanden. Nach Anbruch der Dunkelheit lag er eine Stunde lang in einem nahen Gehölz auf der Lauer und beobachtete das Haus, dann kehrte er zurück. Corinthias Tür war noch verschlossen, und nur das friedliche Schnarchen des alten Simon füllte das Haus.

Später weckte ihn etwas. Er richtete sich im Bett auf,

sprang dann heraus und trat ans Fenster. Der Mond schien, und bei seinem Licht sah er etwas Weißes den Treidelpfad entlangeilen. Er verfolgte Corinthia, holte sie am Rande des Dickichts ein, in dem er auf der Lauer gelegen hatte, und wie ein bösartiges kleines Tier wandte sie sich gegen ihn. Unterhalb des Treidelpfades lag ein Kahn am Ufer. Er war leer. Er packte Corinthias Arm. Sie fauchte ihn an; es kann nicht erfreulich gewesen sein. Dann brach sie plötzlich zusammen, und aus der wirren Dunkelheit des Dickichts hinter ihnen drang das Lachen eines Mannes, ein höhnischer Laut, dessen Echo einmal über den mondhellen Fluß hallte und dann verstummte. Corinthia kauerte jetzt auf der Erde und beobachtete ihn: ihr Gesicht sah im Mondschein wie eine Maske aus. Er stürzte ins Dickicht und suchte es gründlich ab, ohne etwas zu finden. Als er wieder hervorkam, war der Kahn verschwunden. Er lief zum Wasser hinunter und blickte stromauf und stromab. Während er dastand, erscholl wieder das Lachen, diesmal aus den Schatten unter dem andern Ufer.

Er kehrte zu Corinthia zurück. Sie saß da, wie er sie verlassen hatte: das offene Haar hing ihr ins Gesicht, und sie blickte über den Fluß. Er redete sie an, aber sie antwortete nicht. Er zog sie hoch, auf die Füße. Sie kam fügsam mit, und sie kehrten in das Häuschen zurück. Er versuchte wieder, mit ihr zu sprechen, aber sie ging versteinert neben ihm einher, und das offene Haar hing ihr ins kalte Gesicht. Er begleitete sie in ihr Zimmer und schloß selbst die Tür zu und nahm den Schlüssel mit ins Bett. Simon war nicht wach geworden. Am nächsten Morgen war sie verschwunden; die Tür war noch verschlossen.

Diesmal mußte er es Simon mitteilen, und den ganzen Tag suchten sie sie mit Hilfe der Nachbarn. Keiner von beiden wollte die Polizei benachrichtigen, doch in der Dämmerstunde des gleichen Tages erschien ein Wachtmeister mit seinem Notizbuch, und sie kämmten die Schleuse durch, jedoch ohne etwas zu finden. Am nächsten Morgen kurz nach Tagesanbruch sah Jotham sie auf dem Treidelpfad vor der Tür liegen. Sie war bewußtlos, aber ihr Körper war offenbar unverletzt. Sie trugen sie ins Haus und wandten ihre spartanischen Hausmittel an, und nach einiger Zeit kam sie zu sich und schrie. Sie schrie den ganzen Tag bis zum Sonnenuntergang. Sie lag mit weit offenen und völlig ausdruckslosen Augen auf dem Rücken und schrie, bis ihre Stimme versagte und ihre Schreie nur noch der Schatten von Schreien waren – ohne jeden Laut. Bei Sonnenuntergang starb sie.

Von seinem Regiment war er jetzt hundertundzwölf Tage abwesend gewesen. Weiß der Himmel, wie ihm das gelang; er mußte wie ein wildes Tier gelebt haben, immer in Verstecken, mußte gegessen haben, wenn er konnte, im Schatten lauernd und jeden Menschen als seinen Feind betrachtend: so suchte er das ganze britische Expeditionsheer nach einem Mann ab, dessen Lachen er einmal gehört hatte, und er wußte genau, daß das einzige, was er ganz sicher finden würde, sein eigener Tod war. Und das alles, um seinen Plan kurz vor dem Gelingen durch ein künstliches Bein vereitelt zu sehen, das im Dunkeln gegen einen Stuhl lehnte!

Wieviel später es war, weiß ich nicht. Die Kerze war wieder angezündet worden, aber der Mann, der mich geweckt hatte, beugte sich zwischen dem Licht und mir über mein Bett. Doch trotz des Lichts glich es ein wenig zu sehr der vorigen Nacht; diesmal fuhr ich sofort aus dem Schlaf hoch, den Revolver in der Hand. »Zurücktreten!« rief ich. »Sie sollen mich nicht ...« Da trat er zurück, und ich erkannte den Padre. Er stand neben dem Tisch, und das Licht fiel auf die eine Hälfte seines Gesichts und auf seine Brust. Ich setzte mich hoch und legte den Revolver hin. »Was ist los, Padre? Brauchen sie mich wieder?«

»Er braucht nichts«, erwiderte der Padre. »Die Menschen können ihm nichts mehr anhaben.« Er stand da, eine würdevolle Figur, die eigentlich wohlwollend mit einem Schaufelhut auf grünen Wegen zwischen sommerlichen Feldern hätte wandeln sollen. Dann steckte er die Hand in seine Uniformjacke und holte eine flachen Gegenstand hervor und legte ihn auf den Tisch. »Das habe ich zwischen Jotham Rusts Habseligkeiten gefunden, die er mir vor einer Stunde gab, damit ich sie vernichte«, sagte er. Er sah mich an, dann drehte er sich um und ging zur Tür und drehte sich wieder um und sah mich an.

»Ist er ... ich dachte, es sollte in der Morgendämmerung sein?«

»Ja«, sagte er. »Ich muß schnell wieder zurück.« Vielleicht sah er mich an, vielleicht auch nicht. Die Flamme stand aufrecht über der Kerze. Dann öffnete er die Tür. »Möge Gott sich Ihrer Seele erbarmen!« sagte er.

Ich saß zugedeckt im Bett und hörte ihn durch die Dunkelheit stolpern, dann hörte ich das Knattern eines Motors und das sich entfernende Motorrad. Ich schwenkte meinen Fuß auf den Fußboden und erhob mich und hielt mich dabei am Stuhl fest, auf dem das künstliche Bein lag. Es war kalt; mir war, als spürte ich, wie sich sogar die Zehen des fehlenden Beins vom Fußboden wegkrümmten, deshalb stützte ich meinen Schenkel auf den Stuhl und nahm den flachen Gegenstand vom Tisch und ging wieder ins Bett und zog mir die Wolldecke über die Schultern. Meine Armbanduhr stand auf drei.

Es war eine Photographie, ein billiges Ding, wie es herumreisende Photographen auf Jahrmärkten anfertigen. Es war datiert in Abingdon, im Juni des soeben vergangenen Sommers. Zu der Zeit lag ich im Spital und sprach mit George, und ich saß ganz still in meinen Wolldecken und sah die Photographie an, denn es war mein eigenes Gesicht, das mich daraus ansah. Es hatte einen Ausdruck an sich, der nicht mein eigener war: etwas Bösartiges und Verbrecherisches und Unverschämtes war es, und darunter stand in einer großen, krakeligen Handschrift wie von einem Kind geschrieben: »Für Everbe Corinthia«, und danach ein nicht druckbarer Satz; und doch war es mein Gesicht, und ich saß da und hielt das Bild still in der Hand, während die Flamme hoch und gerade über dem Docht stand und mein geduckter Schatten auf der Wand unbeweglich die Photographie hielt. Langsam und allmählich verzehrte sich die Kerze in kalten Tränen und schien zu versinken, als wollte sie sich in ihrem eigenen Schmerz begraben. Doch noch ehe es dazu kam, begann sie zu verblassen und zu schwinden, bis nur die ruhige Hülse der kleinen Flamme atemstill wie eine Feder über dem Wachs stand und auf der Wand die unbewegliche Hülse meines Schattens hinterließ. Dann sah ich, daß das Fenster grau wurde, und das war alles. Auch in Poperinghe mußte die Morgendämmerung angebrochen sein, aber wohl schon vor einiger Zeit, und der Padre mußte noch rechtzeitig zurückgekehrt sein.

Ich hatte ihm ja gesagt, er müsse es töten. Es war eine kalte Morgendämmerung; in solchen Morgenstunden fühlte sich der Stumpf des Beins wie ein Eisklumpen an. Ich hatte ihm ja gesagt, es zu töten. Ich hatte es ihm gesagt.

Mistral

I

Es war der letzte Rest vom Brandy aus Milano. Ich trank und gab die Flasche an Don weiter, der das Reiseflakon hochhob, bis der gelbe Alkohol schräg im schmalen Schlitz der Lederhülle stand, und während er es so hielt, kam der Soldat den Fußweg herauf, die Uniformjacke am Hals offen, und schob ein Fahrrad vor sich her. Es war ein junger Mann mit einem dreisten, hageren Gesicht. Er wünschte uns mürrisch einen guten Tag und warf im Vorbeigehen einen Blick auf das Flakon. Wir beobachteten ihn, wie er hinter dem Hügelkamm verschwand: er schwang sich aufs Fahrrad und geriet außer Sicht.

Don nahm einen Schluck, dann goß er den Rest aus. Er platschte auf die ausgedörrte Erde, besprenkelte sie einen Augenblick und war weg. Er schüttelte das Flakon, bis es den letzten Tropfen hergegeben hatte.

»Salut«, sagte er und gab mir das Flakon. »Dank euch, ihr Götter! Himmel noch mal, wenn ich dächte, daß ich mit noch mehr von dem da in meinem Magen zu Bett gehen müßte!«

»Wirklich zu dumm, daß du ihn trinken mußt!« sagte ich. »Ihn unbedingt trinken *mußt*!« Ich steckte das Flakon ein, und wir gingen weiter, über den Kamm hinweg. Der Pfad führte allmählich bergab, noch immer im Schatten. Die Luft schimmerte, erfüllt von einem Sonnenschein, der mehr war als nur Licht und mehr als nur Hitze, und von einem Ziegenglöckchen, das leise und ungestört irgendwo hinter der nächsten Wegbiegung bimmelte.

»Es tut mir eben leid, mit ansehen zu müssen, wie du das Zeugs Tag für Tag mitschleppst«, sagte Don. »Das ist mein einziger Grund. Du kannst es nicht trinken, und du willst es nicht wegschütten.«

»Wegschütten? Er hat zehn Lire gekostet. Wozu hab ich ihn denn gekauft?«

»Weiß Gott!« sagte Don. Vor dem mit Sonnenschein angefüllten Tal zeichneten sich die Bäume wie Stangen eines Gitters ab; der Fußweg war eine Lücke zwischen den Stangen, und das Tal war blau und sonnig. Das Ziegenglöckchen war irgendwo weiter vorn. Ein kaum kenntlicher, schlechterer Fußweg bog rechtwinklig ab; er war steiler als der, dem wir folgten.

»Den hat er sich ausgesucht!« sagte Don.

»Wer?« fragte ich. Don deutete auf die schwache Spur der Fahrradreifen, die in den schmaleren Pfad eingebogen waren.

»Da sieh!«

»Der hier scheint ihm noch nicht steil genug gewesen zu sein«, sagte ich.

»Vielleicht hat er's eilig gehabt.«

»Bestimmt, nachdem er die Abzweigung hinter sich hatte.«

»Vielleicht steht unten ein Heuschober.«

»Oder er könnte auch weiter durchs Tal gefahren und den Berg drüben raufgefahren sein, und den dann wieder runter und nochmal diesen hier rauf, bis er keinen Schwung mehr hat.«

»Oder bis er verhungert«, sagte Don.

»Ja«, sagte ich. »Aber hast du schon mal von 'nem Mann gehört, der auf 'nem Fahrrad verhungert ist?«

»Nein«, sagte Don. »Du schon?«

»Nein«, sagte ich. Wir stiegen weiter bergab. Der Fußweg machte eine Biegung, und wir stießen auf das Ziegenglöckchen. Es hing an einem beladenen Maultier, das am Wegrand neben einer steinernen Kapelle weidete und leise bimmelnd Gras rupfte. Neben der Kapelle saßen ein Mann in Manchesterhosen und eine Frau in einem bunten Schultertuch; neben ihr stand ein zugedeckter Korb. Sie beobachteten uns, wie wir näher kamen.

»Guten Tag, Signor«, sagte Don. »Ist es weit?«

»Guten Tag, Signori«, erwiderte die Frau. Der Mann sah uns an. Seine blauen Augen hatten eine zerlaufene Iris, als wären sie lange gewässert worden. Die Frau berührte seinen Arm, dann machte sie vor seinem Gesicht ein flinkes Fingerspiel. Er sagte mit einer Stimme, die trocken und metallisch wie Zikadenruf war:

»Guten Tag, Signori!«

»Er hört nicht mehr«, sagte die Frau. »Nein, es ist nicht weit! Von da unten können Sie schon die Dächer sehen!«

»Gut«, sagte Don. »Wir sind müde. Darf man hier ausruhen, Signora?«

»Ruhen Sie sich aus, Signori!« Wir ließen unsre Rucksäcke vom Rücken gleiten und setzten uns. Die Sonnenstrahlen fielen schräg auf die Kapelle, auf die stille, verwitterte Statue in der Nische und auf die beiden Sträuße verwelkter Bergastern, die davor lagen. Die Frau ließ wieder ihre Finger vor dem Gesicht des Mannes spielen. Ihre andere Hand, die ruhig auf dem Korb neben ihr lag, war knorrig und rauh. Sie war unbeweglich und hatte etwas von der Starre ungewohnter Untätigkeit an sich, weniger ruhend als völlig aufgebraucht und tot. Sie sah wie eine Kunsthand aus, die am Rande des Schultertuches hing: als hätte sie sie gleichzeitig mit dem Tuch als normales Kleidungsstück angelegt. Die andere Hand – die, mit der sie auf den Mann einredete – war so flink und beweglich wie die eines Zauberkünstlers.

Der Mann sah uns an. »Sie laufen, Signori?« sagte er mit seiner leichten, tonlosen Stimme.

»Si«, antworteten wir. Don holte die Zigaretten hervor. Der Mann hob mit leicht abwehrender Gebärde die Hand. Don ließ sich nicht abweisen. Der Mann verbeugte sich feierlich im Sitzen und fummelte ungeschickt am Päckchen herum. Die Frau holte die Zigarette aus dem Päckchen und steckte sie ihm in die Hand. Als er sich Feuer geben ließ, verbeugte er sich wieder. »Aus Milano«, sagte Don. »Es ist weit.«

»Es ist weit«, sagte die Frau. Ihre Finger tanzten nur einen Moment. »Er ist dort gewesen«, erklärte sie.

»Ich bin dort gewesen, Signori«, sagte der Mann. Er hielt seine Zigarette vorsichtig zwischen Daumen und Zeigefinger. »Man muß aufpassen und sich vor den Wagen retten.«

»Ja«, sagte Don. »Vor denen ohne Pferde.«

»Ohne Pferde«, sagte die Frau. »Es sind so viele. Sogar hier in den Bergen hören wir davon.«

»Viele«, bestätigte Don. »Immer: uit! uit! uit!«

»Si«, sagte die Frau. Sogar hier habe ich es gesehen.« Ihre Hand tanzte in der Sonne. Der Mann blickte uns ruhig an und rauchte dabei. »Es war noch nicht so, als er dort war, verstehen Sie?«

»Ich war dort, vor langer Zeit, Signori.« sagte er. »Es ist weit.«

Er sprach im gleichen Ton, den sie angeschlagen hatte: in einem Ton ernster und höflicher Erklärungen.

»Es ist weit«, wiederholte Don. Wir rauchten. Das Maultier weidete, und das Glöckchen bimmelte leise bei jedem Ruck. »Aber wir können ausruhen da unten«, sagte Don und wies mit der Hand ins Tal hinunter, das blau und sonnig hinter der Felswand schwamm, dort, wo der Fußweg die Biegung machte. »Ein Napf mit Suppe, Wein, ein Bett?«

Die Frau sah uns wie über einen stillen und unüberwindlichen Schutzwall hinweg an, den die Taubheit ihres Mannes bildete, dessen Zigarette jetzt dicht am Daumen und Zeigefinger glomm. Die Hand der Frau flatterte vor seinem Gesicht umher. »Si«, sagte er. »Si. Beim Priester. Warum nicht? Der Priester wird sie aufnehmen.« Er fügte noch etwas hinzu, das für mich zu schnell war. Die Frau nahm das karierte Tuch weg, das den Korb bedeckte, und holte einen Weinschlauch hervor. Don und ich verbeugten uns und tranken jeder, und der Mann erwiderte unsre Verbeugungen.

»Ist es weit zum Priester?« fragte Don.

Die Hand der Frau flatterte mit unglaublicher Schnelligkeit. Ihre andere Hand, die auf dem Korb lag, hätte ebensogut einem andern Körper angehören können. »Sie müssen dann dort auf ihn warten«, sagte der Mann. Er sah uns an. »Heute ist eine Beerdigung. Sie finden ihn in der Kirche. Trinken Sie, Signori!«

Wir drei tranken der Reihe nach, wie es sich schickte. Der Wein war herb und scharf und schwer. Das Maultier weidete, seine kleine Glocke bimmelte, und in der tiefstehenden Sonne warf es einen langen Schatten über den Fußweg. »Wer ist gestorben, Signora?«

»Er sollte sich nach der Ernte mit dem Mündel des Pfarrers verheiraten«, antwortete die Frau. »Das Aufgebot war schon von der Kanzel verlesen, und alles war vorbereitet. Ein reicher Mann, und nicht alt. Aber vor zwei Tagen ist er gestorben.«

Der Mann hatte ihre Lippen beobachtet. »Pah! Er hatte Land und ein Haus, genau wie ich. Es ist nichts.«

»Er war reich«, sagte die Frau. »Weil er jung und wohlhabend war, ist mein Mann neidisch auf ihn.«

»Aber jetzt nicht«, sagte der Mann. »Eh, Signori?«

»Zu leben ist gut«, sagte Don. Er sagte: *è bello.*

»Es ist gut«, sagte der Mann; auch er sagte: *è bello.*

»Er sollte die Nichte des Priesters heiraten, sagen Sie?« fragte Don.

»Sie ist nicht mit ihm verwandt«, antwortete die Frau. »Der Priester hat sie nur großgezogen. Sie war sechs, als er sie bei sich aufnahm, ohne Angehörige, ohne irgendwelche Verwandte. Die Mutter war im Armenhaus aufgewachsen. Sie wohnte in einer Hütte drüben auf dem Berg. Man weiß nicht, wer der Vater war, obwohl der Prister lange versucht hat, einen von ihnen zu überreden, sie zu heiraten, des Kindes wegen ...«

»Einen von ihnen?« fragte Don.

»Einen von denen, die ihr Vater hätten sein können, Signor. Doch bis zum Jahre 1916 hat man nie gewußt, welcher es war. Es war ein junger Mann, ein Arbeiter; am nächsten Tag hörten wir, die Mutter sei auch weggezogen, auch in den Krieg, und keiner, der sie gekannt hatte, hat sie je wiedergesehn, bis nach Caporetto einer von unsern Burschen heimkehrte, und dort wäre der Vater gefallen, hat er erzählt, und die Mutter hätte man in Milano in einem Haus gesehn, das kein gutes Haus war. Deshalb hat sich der Priester das Kind geholt. Damals war es sechs Jahre alt, und braun und schlank wie eine Eidechse. Die Kleine hatte sich im Gebirge versteckt, als der Priester kam. Das Haus war leer. Er folgte ihr bis zu den Felsen rauf und fing sie wie ein kleines Tier ein: sie war halb nackt und ohne Schuhe – dabei war es im Winter.«

»Der Priester hat sie also behalten«, sagte Don. »Ein wackerer Mann!«

»Sie hatte keine Verwandten und kein Dach überm Kopf und keine Brotrinde, die ihr gehörte – nichts als das, was der Priester ihr gab. Aber das sah man ihr nicht an. Immer in einem roten oder grünen Kleid, sonntags und feiertags, und selbst mit vierzehn und fünfzehn, wenn ein Mädchen lernen sollte, tugendsam und fleißig zu sein, und eine Krone ihres Mannes. Der Priester hatte gesagt, sie wäre für die Kirche bestimmt, und wir fragten uns, wann er sie zwingen würde, all solche Sachen aufzugeben – zur größeren Ehre Gottes. Doch mit vierzehn und fünfzehn war keine so lebhaft und so laut und so unermüdlich beim Tanz wie sie, und die jungen Burschen fingen schon an, sich nach ihr umzusehen, sogar noch nachdem zwischen ihr und ihm, der drüben tot liegt, schon alles verabredet war.«

»Da hat der Priester sich wegen der Kirche anders besonnen und ihr statt dessen einen Mann verschafft«, sagte Don.

»Er hat ihr die beste Partie im Kirchspiel verschafft, Signor. Jung und reich und jedes Jahr 'n neuen Anzug von dem Schneider in Milano! Dann kam die Erntezeit, und was glauben Sie wohl, Signori? Sie wollte ihn nicht heiraten!«

»Ich meinte, Sie hätten gesagt, die Hochzeit sollte erst nach dieser Ernte sein?« erwiderte Don. »Wollten Sie sagen, daß die Hochzeit schon ein Jahr vor der diesjährigen Ernte aufgeschoben wurde?«

»Sie war schon drei Jahre lang aufgeschoben worden! Vor drei Jahren wurde abgemacht, sie sollte nach der Ernte sein. Das war in der gleichen Woche, in der Giulio Farinzale in den Militärdienst mußte. Ich erinnere mich, wie erstaunt wir alle waren, weil keiner geglaubt hatte, daß seine Nummer so bald an die Reihe käme, auch wenn er bloß ein Junggeselle war und keine andern Verwandten als einen Onkel und eine Tante hatte.«

»Tatsächlich?« sagte Don. »Ja, über die Regierungen muß jedermann dann und wann mal staunen. Wie ist er freigekommen?«

»Er ist nicht freigekommen.«

»Oh! Deshalb wurde die Heirat also verschoben, ja?«

Die Frau sah Don ein Weilchen an. »Der Verlobte hieß nicht Giulio.«

»Aha, ich verstehe. Wer war Giulio?«

Die Frau antwortete nicht sofort. Sie saß da und hatte den Kopf ein wenig gesenkt. Der Mann hatte ihre Lippen beobachtet, während sie sich unterhielten. »Weiter!« sagte er. »Erzähl's ihnen! Es sind Männer: sie können sich Weibergeschwätz allein mit den Ohren anhören. Sie schnattern, Signori! Läßt man ihnen eine Atempause, schnattern sie schon wie die Gänse! Trinken Sie!«

»Giulio war der, mit dem sie sich immer abends am Fluß

traf; er war noch jünger. Deshalb waren wir so erstaunt, daß seine Nummer so früh aufgerufen wurde. Noch ehe wir dachten, daß sie für so was alt genug wäre, traf sie sich schon mit ihm. Und verheimlichte es so geschickt vor dem Priester, wie's nur eine erwachsene Frau gekonnt hätte ...« Einen Augenblick zwinkerten uns die verwaschenen Augen des Mannes spöttisch zu.

»Mit dem Giulio hat sie sich die ganze Zeit getroffen, als sie schon mit dem andern verlobt war?« fragte Don.

»Nein. Verlobt hat sie sich erst später. Wir hatten nicht gedacht, daß sie für so was schon alt genug wäre. Als wir davon hörten, sagten wir uns, daß ein Kind ohne Vater wie ein Brief auf der Post ist: der Umschlag kann wie jeder andre Umschlag aussehen, aber wenn man ihn aufmacht ... Und ein Frommer kann von der Sünde genauso schnell verführt werden wie Sie oder ich, Signori. Sogar noch schneller, weil er fromm ist.«

»Hat er's je entdeckt?« fragte Don.

»Ja. Es war bald danach. Sie ist immer in der Dämmerstunde aus dem Haus geschlichen; man hat sie gesehn, und man hat auch den Priester gesehn, der sich im Garten versteckt und das Haus beobachtet hatte: ein frommer Diener Gottes, der vor den Augen von aller Welt den Wachthund spielen mußte. Das war nicht gut, Signori!«

»Und dann ist der junge Mann ganz plötzlich zum Militär eingezogen worden«, sagte Don. »Stimmt's?«

»Es kam ganz plötzlich; wir waren alle erstaunt. Dann dachten wir, es wäre Gottes Hand, und jetzt würde der Priester sie wohl ins Kloster schicken. Doch in der gleichen Woche hörten wir, daß zwischen ihr und ihm, der drüben tot liegt, verabredet wurde, es sollte nach der Ernte sein, und wir sagten uns, es sei Gottes Hand, der ihr einen Mann weit über ihr Verdienst schenken wollte, um seinen frommen Diener zu schützen. Denn die Frommen sind genauso empfänglich für die Sünde wie Sie und ich, Signori;

ohne Gottes Beistand sind auch sie hilflos der Sünde ausgeliefert.«

»Tz, tz«, machte der Mann. »So war's nicht. Der Priester hatte sie auch im Auge«, sagte er. »Denn ein Mann ist ein Mann, selbst unter der Soutane. Eh, Signori?«

»Du mußt natürlich so was sagen!« rief die Frau. »Du kennst keinen Respekt!«

»Der Priester hatte sie also auch im Auge«, wiederholte Don.

»Es war seine Prüfung, seine Strafe, weil er so nachsichtig mit ihr umgegangen war. Und die Prüfung war noch nicht überstanden: die Ernte kam, und wir hörten, daß die Hochzeit aufs nächste Jahr verschoben würde. Was sagen Sie dazu, Signori? Ein Mädchen, das da herkam, wo die herkam, und die gute Gelegenheit hatte, die ihr der Priester bot, sich vor sich selber und ihrem Wesen zu retten ... Wir hörten, daß sie sich stritten, sie und der Priester, und daß sie ihm Trotz bot und nach Anbruch der Dunkelheit aus dem Haus schlich und zu Tanzereien ging, wo ihr Verlobter sie sehen oder jederzeit etwas darüber hören konnte ...«

»Hat der Priester sie immer noch im Auge gehabt?« fragte Don.

»Es war seine Strafe, seine Buße! So kam also die nächste Ernte, und es wurde wieder verschoben und sollte nach der nächsten Ernte sein; mit dem Verlesen des Aufgebots wurde gar nicht erst angefangen. So sehr hat sie ihm Trotz geboten, Signori, sie, ein Bettelkind, und wir fragten uns alle: ›Wann wird ihr Verlobter das alles erfahren und hören, daß sie nichts taugt – wo es doch Töchter aus rechtschaffenen Familien gibt, die Bescheidenheit und Anstand erlernt haben?‹«

»Haben Sie auch unverheiratete Töchter, Signora?« fragte Don.

»Ja, eine. Zweie hab ich verheiratet, und eine ist noch bei uns. Ein braves Mädchen, Signori, selbst wenn ich es sage.«

»Tz, tz, Frau!« sagte der Mann.

»Ich glaube es gern«, sagte Don. »Der junge Mann war also beim Militär, und die Hochzeit wurde um noch ein Jahr verschoben?«

»Und dann noch ein Jahr, Signori! Und dann ein drittes Jahr. Dann sollte die Hochzeit nach dieser Ernte stattfinden, noch in diesem Monat hätte es sein sollen. Das Aufgebot wurde verlesen, der Priester hat es selbst in der Kirche verlesen, zum drittenmal am letzten Sonntag, und er in seinem neuen Anzug aus Milano, und sie neben ihm in dem Tuch, das er ihr geschenkt hat – es hat hundert Lire gekostet –, und mit einer goldenen Kette, denn er hat ihr Geschenke gemacht, die besser zu einer Königin passen als zu so einer, die nicht mal den Namen ihres eigenen Vaters kennt, und wir glaubten, daß der Priester endlich seine Buße abgebüßt hätte und daß endlich das Böse von seinem Haus genommen wäre, weil ja auch die Dienstzeit des Soldaten in diesem Herbst abgelaufen ist. Und jetzt ist der Verlobte tot.«

»War er sehr krank?« fragte Don.

»Es kam ganz plötzlich. So ein gesunder Mann, von dem man geglaubt hätte, er würde noch lange leben. An dem einen Tag war er gesund, und am nächsten Tag war er sehr krank. Am dritten Tag war er tot. Vielleicht können Sie die Glocke hören, wenn Sie richtig hinhören – Sie haben junge Ohren.« Die Berge gegenüber lagen im Schatten. Zwischen ihnen und uns erstreckte sich das noch immer unsichtbare Tal. In der sonnigen Stille bimmelte ruckweise das Glöckchen des Maultiers. »Denn es steht alles in Gottes Hand«, sagte die Frau. »Wer kann sagen, daß ihm sein Leben gehört?«

»Ja, wer kann das?« sagte Don. Er sah mich nicht an. Er sagte auf Englisch: »Gib mir 'ne Zigarette!«

»Du hast sie ja!«

»Nein, ich hab sie nicht.«

»Doch, du hast sie. In der Hosentasche.«

Er holte die Zigaretten hervor. Er sprach auf Englisch weiter. »Und er starb plötzlich. Und er verlobte sich plötzlich. Und gleichzeitig wurde Giulio plötzlich eingezogen. Erstaunlich! Alles war so plötzlich, ausgenommen der Eifer von gewissen Leuten, die Heirat einzugehen. Damit schien es überhaupt keine Eile zu haben, nicht wahr?«

»Ich weiß es nicht. I no spika[8].«

»Man hörte tatsächlich auf, es überhaupt noch eilig zu haben – bis zu dem Zeitpunkt, als Giulio wieder nach Hause kommen sollte. Dann begann es wieder sehr eilig zu werden. Und deshalb finde ich, ich sollte mich erkundigen, ob in Italien die Priester in den Rekrutierungsbüros mitarbeiten.« Der alte Mann sah ihm auf die Lippen, und sein verwaschener Blick war ernst und aufmerksam. »Und wenn dieser Fußweg der eigentliche Weg ins Tal hinunter ist, und wenn das Fahrrad dort hinter uns in den schmaleren Pfad eingebogen ist – wie finden Sie denn das, Signori?«

»Ich fand ihn ausgezeichnet. Nur ein bißchen kratzig in der Kehle. Vielleicht können wir unten im Tal etwas trinken, was den Geschmack vertreibt.«

Der alte Mann sah uns auf die Lippen; der Kopf der Frau war wieder gesenkt; ihre steife Hand glättete die karierte Decke auf dem Korb. »Sie finden ihn in der Kirche, Signori«, sagte der Mann.

»Ja«, sagte Don. »In der Kirche.«

Wir tranken wieder. Mit der gleichen förmlichen und unerschütterlichen Höflichkeit nahm der Mann noch eine Zigarette an und verlieh seinen Gesten dabei etwas vornehm Feierliches, was jedoch nicht unpassend wirkte. Die Frau legte den Weinschlauch in den Korb und deckte ihn wieder zu. Wir standen auf und nahmen unsere Rucksäcke.

»Sie sprechen sehr flink mit den Fingern, Signora«, sagte Don.

»Er kann auch von den Lippen lesen. Die andere Art zu sprechen haben wir uns ausgedacht, als wir im Dunkeln im

Bett lagen. Alte Leute schlafen nicht viel. Alte Leute liegen im Bett und reden. Bei Ihnen ist es noch nicht soweit.«

»Das stimmt. Haben Sie dem Padrone viele Kinder geschenkt, Signora?«

»Si. Sieben. Aber jetzt sind wir alt. Wir liegen im Bett und reden.«

II

Ehe wir das Dorf erreichten, hatte die Glocke zu läuten begonnen. Vom hageren Turm der Kirche schienen die regelmäßigen Klänge, vom Winde getragen, wie von einem winterlichen Ast herunterzuschweben. Der Wind hob an, sowie die Sonne untergegangen war. Wir beobachteten, wie die Sonne die Bergkette berührte, woraufhin der Himmel seine blasse, seidige Bläue verlor und eine leicht grünliche, gläserne Färbung annahm, gegen die sich die Anhöhe hinter uns mit der verwitterten Kapelle und der Handvoll welker Blumen unter dem verblichenen Kruzifix schwarz und scharf abzeichnete. Dann hob der Wind an: eine gleichmäßig vorrückende Luftmauer voll irgendwelcher unsichtbarer Teilchen war es. Vor ihm neigten sich die Zweige, ohne zu zittern, wie unter dem Druck einer unsichtbaren Hand, und unter seinem Anhauch begann unser Blut sofort abzukühlen, noch ehe wir dort stehenblieben, wo der Fußweg zur gepflasterten Straße wurde.

Die Glocke läutete noch immer. »Komische Zeit für eine Beerdigung«, sagte ich. »Man sollte meinen, in dieser Höhe würde er sich lange halten. Nicht nötig, ihn so rasch unter den Boden zu bringen!«

»Er hat's mit einer raschen Bande zu tun gehabt«, sagte Don. Die Kirche war von hier aus nicht zu sehen, weil eine Mauer sie den Blicken entzog. Wir standen vor einem Tor und blickten in einen von drei Mauern eingeschlossenen Hof, der von einem Rebstock auf einem Lattenspalier überdacht wurde. Ein Holztisch und zwei Bänke ohne Lehne waren da. Wir standen am Tor und blickten in den Hof, und dann sagte Don: »Das ist also das Haus vom Onkel!«

»Vom Onkel?«

»Er hat keine Verwandten, bis auf einen Onkel und eine Tante«, sagte Don. »Sieh mal drüben bei der Tür!« Die Tür war am andern Ende des Hofes. Dahinter brannte ein Feuer, und neben der Tür lehnte ein Fahrrad an der Wand. »Das Fahrrad, Dummkopf!« sagte Don.

»Ist das ein Fahrrad?«

»Sicher. Das ist ein Fahrrad.« Es war ein altmodisches Fahrrad mit hohen, aufgebogenen Griffen, die einem Gazellengehörn[9] glichen. Wir betrachteten es.

»Der schmalere Pfad führt zum hinteren Eingang«, sagte ich. »Zum Privateingang.« Während wir in den Hof blickten, hörten wir das Glockenläuten.

»Vielleicht weht der Wind nicht hinein«, sagte Don. »Übrigens hat es keine Eile. Wir können ihn doch erst sehen, wenn's vorbei ist.«

»Solche Häuser sind manchmal Herbergen.« Wir traten ein. Dann sahen wir den Soldaten. Als wir uns dem Tisch näherten, kam er an die Tür, stand vor dem Flammenschein und sah uns an. Er trug jetzt ein weißes Hemd. Aber wir erkannten ihn an den Hosenbeinen. Dann ging er wieder ins Haus.

»Malbrouck[10] ist also aus dem Krieg heimgekehrt«, sagte Don.

»Vielleicht ist er für die Beerdigung heimgekehrt.« Wir hörten auf die Glocke. Im Innern verdichteten sich die Schatten. Die Blätter über unserm Kopf wehten steif im Wind: schwarze Tupfen vor dem fahlen, durchsichtigen Himmel. Die Schläge der Glocke klangen so, wie wenn auch sie Blätter wären, die an einem unverletzlichen Rebstock steif im Wind wehten.

»Wieso hat er gewußt, daß eine stattfindet?« fragte Don.

»Vielleicht hat ihm der Priester einen Brief geschrieben.«

»Vielleicht«, sagte Don. Der Feuerschein hinter der Tür war verlockend. Dann stand eine Frau davor und blickte uns an. »Guten Tag, Padrona«, grüßte Don. »Können wir hier einen Schluck Wein bekommen?« Sie blickte uns an, stand unbeweglich vor dem Feuerschein. Sie war groß. Groß und unbeweglich stand sie vor dem Feuerschein, ohne die Tür zu berühren. Die Glocke läutete. »Die war auch mal Soldat!« sagte Don. »Sie war der Feldwebel.«

»Vielleicht war sie der Oberst, der Marlbrouck befohlen hat, aus dem Krieg heimzukehren?«

»Nein. Als er uns da oben überholte, hat er sich nicht so sehr beeilt, daß sie's hätte gewesen sein können.« Dann sprach die Frau:

»Gewiß, Signori. Nehmen Sie Platz!« Sie kehrte ins Haus zurück. Wir ließen unsre Rucksäcke von der Schulter gleiten und setzten uns. Wir sahen auf das Fahrrad.

»Kavallerie«, sagte Don. »Ich frage mich nur, weshalb er zur Hintertür reinkam.«

»All right«, sagte ich.

»Was ist all right?«

»All right: frage dich nur!«

»Soll das ein Witz sein?«

»Natürlich. Das ist ein Witz. Weil wir alt sind. Wir liegen im Durchzug[11]. Das ist auch ein Witz.«

»Erzähl mir was, das kein Witz ist!«

»All right.«

»Hast du das gleiche gehört, was ich da oben gehört zu haben glaube?«

»No spika! Ich liebe Italien! Ich liebe Mussolini.« Die Frau brachte den Wein. Sie stellte ihn auf den Tisch und wandte sich zum Gehen. »Frage sie!« sagte ich. »Warum nicht?«

»All right. Werd's tun. – Haben Sie Militär im Haus, Signora?«

Die Frau sah ihn an. »Das hat nichts zu bedeuten, Signor! Es ist nur mein Neffe, der zurückgekommen ist.«

»Entlassen, Signora?«

»Ja, er ist entlassen, Signor.«

»Meine herzlichen Glückwünsche! Er hat sicher viele Freunde, die sich über seine Rückkehr freuen.« Sie war mager, nicht alt, und mit kalten Augen blickte sie plötzlich voller Interesse auf Don und wartete. »Heute ist ja im Dorf eine Beerdigung?«

Sie sagte kein Wort. Sie stand einfach da und wartete, daß Don zu sprechen aufhören sollte. »Er wird betrauert werden«, sagte Don.

»Das wollen wir hoffen«, erwiderte sie. Sie wollte sich entfernen. Don fragte sie nach einer Unterkunft. Sie habe keine Zimmer, antwortete sie plötzlich sehr entschieden. Dann merkten wir, daß die Glocke zu läuten aufgehört hatte. Wir konnten den Wind hören, der gleichmäßig in den Blättern über unserm Kopf raschelte.

»Es wurde uns gesagt, daß der Priester ...«, begann Don.

»So? Man hat ihnen gesagt, daß der Priester ...?«

»Daß wir vielleicht dort eine Unterkunft finden könnten.«

»Dann wäre es am besten, wenn Sie den Priester aufsuchten, Signor.« Sie kehrte ins Haus zurück. Sie trat mit langen Männerschritten in den Feuerschein und verschwand. Als ich Don ansah, blickte er weg und griff nach dem Wein. »Warum hast du sie nicht noch mehr gefragt?« sagte ich. »Warum hast du so rasch aufgegeben?«

»Sie mußte sich beeilen«, sagte Don. »Ihr Neffe ist gerade vom Militär zurückgekommen, wie sie sagte. Er kam heute nachmittag. Sie will bei ihm sein, da er keine Angehörigen hat.«

»Vielleicht hat sie Angst, er könnte in den Durchzug geraten?«

»Ist das auch ein Witz?«

»Für mich wär's keiner.« Er schenkte uns ein. »Ruf sie

zurück! Erzähl ihr, du hättest gehört, daß ihr Neffe das Mündel des Priesters heiraten würde! Sag ihr, wir wollten ihnen ein Geschenk geben! Eine Magenpumpe! Das ist auch kein Witz.«

»Ich weiß, daß es keiner ist!« Er schenkte sich behutsam ein. »Was willst du lieber, heut nacht beim Priester bleiben oder . . .?«

»Salut!« sagte ich.

»Salut!« Wir tranken. Die Blätter machten ein trockenes, wildes, unablässiges Geräusch. »Ich wünschte, es wäre noch Sommer.«

»Heute nacht wär's ziemlich kalt, sogar in einem Heustall!«

»Ja. Bin froh, daß wir heut nacht nicht in einem Heustall schlafen müssen.«

»Es wäre nicht so übel, sobald wir das Heu angewärmt hätten und eingeschlafen wären.«

»Wir brauchen's aber nicht. Wir können ordentlich schlafen und morgen ganz früh aufbrechen.«

Ich schenkte die Gläser voll. »Möcht mal wissen, wie weit es bis zum nächsten Dorf ist.«

»Zu weit!« Wir tranken. »Ich wünschte, es wär Sommer. Du auch?«

»Ja.« Ich goß den Rest der Flasche in die Gläser. »Trink noch etwas Wein!« Wir hoben unsre Gläser. Wir sahen einander an. Die unsichtbaren Teilchen im Wind schienen durch unsre Kleider zu wehen, durch unser Fleisch, bis auf die Knochen, schienen Ziegelsteine und Mörtel der Mauern zu durchdringen, um zu uns zu gelangen. »Salut!«

»Haben wir schon mal gesagt«, erwiderte Don.

»All right. Dann also Salut!«

»Salut!«

Wir waren jung: Don dreiundzwanzig und ich zweiundzwanzig. Und das Alter ist so sehr, so unzertrennlich verwachsen mit dem Ort, wo man geboren wurde oder wo man aufwuchs. Deshalb fühlt man sich fern von zu Hause – räumlich oder zeitlich oder erfahrungsgemäß fern – gleichzeitig stets sowohl älter wie auch unendlich viel jünger.

Wir standen im schwarzen Wind und sahen den Trauerzug – Priester, Sarg, ein mageres Häufchen Leidtragender – vorbeiziehen, und ihre Kleider, vor allem die abgewetzte Soutane des Priesters, die sich ihnen voraus im Wind bauschte, erweckten den Eindruck unziemlicher Hast, und als überholten sie einander im rauhen grünen Zwielicht (die Luft war so, als müßte man im Winter eisgekühlte Limonade trinken) bis in die Kirche hinein. »Wir wären auch aus dem Wind raus«, sagte Don.

»Es bleibt noch eine Stunde hell!«

»Ja. Wir könnten sogar noch, bis es dunkel wird, den Kamm erreichen.« Er sah mich an. Dann blickte ich weg. Die roten Ziegel des Daches waren jetzt auch schwarz. »Wir wären aus dem Wind raus!« Dann begann auch die Glocke wieder zu läuten. »Wir wissen gar nichts. Vielleicht steckt überhaupt nichts dahinter. Jedenfalls wissen wir es nicht. Wir brauchen es nicht zu wissen. Laß uns aus dem Wind gehen!« Es war so eine kahle, viereckige Steinkirche, wie sie von den harten, eisernen Grafen und Bischöfen der Lombardei errichtet wurden. Schon beim Bau war sie alt. Auch die Zeit hatte sie nicht besänftigt, konnte sie niemals besänftigen, in alle Ewigkeit nicht. Sie hätten auch die Berge aufrichten und das Dämmerlicht in einem unterirdischen Verlies im schwarzen Schoß der Erde erfinden können. Und neben der Tür lehnte das Fahrrad. Wir blickten es ruhig an, als wir die Kirche betraten, und sagten ruhig und beide gleichzeitig:

»Biber[12]!«

»Er ist einer von den Sargträgern«, sagte Don. »Deshalb ist er nach Hause gekommen.« Die Glocke läutete. Wir gingen durch den Chor und blieben hinten in der Kirche stehen. Wir waren jetzt aus dem Wind heraus, abgesehen von den kühlen Lüftchen, die uns über den Nacken schleckten. Wir konnten ihn draußen hören, wie er die langsamen, kaum geborenen Schläge der Glocke aus dem Glockenturm riß, so daß sie, bis wir sie hörten, wie Echos aus weiter Ferne zu uns zurückzukommen schienen. Das Schiff, dessen Rippen nach oben in die Finsternis strebten, ließ das magere Klümpchen gebeugter Gestalten zwergenhaft klein erscheinen. Hinter ihnen, über den stillen Kerzenflammen, erhob sich das Heilige Sakrament und schwang sich als Spinnwebgirlande traurig und triumphierend wie auf Flügeln in die rußschwarzen Schatten hinauf. Zuerst waren weder Orgel noch Musik noch überhaupt irgendein Menschenlaut zu vernehmen. Sie knieten einfach in der verkleinernden Dunkelheit und im schwachen Licht der kühlen, stillen Kerzen. Es hätten ebensogut lauter Tote sein können.

»Draußen wird es längst dunkel sein, ehe sie fertig sind«, flüsterte Don.

»Vielleicht ist es wegen der Ernte«, flüsterte ich. »Wahrscheinlich müssen sie tagsüber arbeiten. Die Lebenden können den Toten nicht dienen, verstehst du?«

»Aber wenn er so reich war, wie sie's uns erzählt haben, dann, scheint mir . . .«

»Wer begräbt die Reichen? Tun's die Reichen, oder tun's die Armen?«

»Die Armen tun es«, flüsterte Don. Dann war der Priester da, ragte über die gesenkten Köpfe. Wir hatten ihn zuerst nicht gesehen, doch jetzt war er da, formlos, undeutlich in den Schatten unterhalb der Kerzen, sein Gesicht wie ein Fleck, wie ein Daumenabdruck auf dem Dunkel, aus dem das Heilige Sakrament in einer Reihe verschmelzender Strahlen wie ein Wasserfall aufstieg. Seine langsame, ruhige Stimme füllte die Kirche, Flügeln gleich, die gegen den kalten Stein schlugen, getragen vom Widerhall des Windes, in dem die windstillen Kerzenflammen wie gemalt dastanden. »Und so hat er sie gesehen«, flüsterte Don. »Er mußte vielleicht bei Tisch ihr gegenübersitzen und sie beobachten. Hat sie beobachtet, wie sie die Nahrung aß, die sie veränderte und aus nichts zu allem werden ließ, und hat gewußt, daß sie keine eigene Nahrung hatte und daß es seine Nahrung war, die es vollbrachte und sie nicht für ihn veränderte. Du weißt ja: Mädchen: sie sind einfach nichts – und dann sind sie plötzlich alles. Vor deinen eigenen Augen siehst du, wie sie alles werden. Nein, nicht nur vor den Augen: im Dunkeln ist es das gleiche. Du weißt es, bevor sie es wissen; und daß sie alles werden, fürchtest du nicht, sondern daß sie es entdecken, nachdem du es schon lange gewußt hast: du stirbst zu viele Male. Und das ist nicht recht. Nicht fair. Hoffentlich werde ich nie eine Tochter haben!«

»Das ist Inzest«, flüsterte ich.

»Ich habe nie gesagt, daß es das nicht wäre. Ich sagte, es wäre wie Feuer. Wie wenn man das Feuer beobachtet – wie es auflodert und wegstürmt.«

»Ein Feuer muß man entweder beobachten oder darin verbrennen. Oder überhaupt nicht dasein. Was würdest du wählen?«

»Ich weiß nicht. Wenn's ein Mädchen wäre, würde ich lieber darin verbrennen.«

»Sogar lieber als überhaupt nicht dasein?«

»Ja.« Wir waren nämlich jung. Und die Jungen sind anscheinend unzugänglich für alles, ausgenommen Lappalien. Wir können Lappalien mit einer tragischen Tiefgründigkeit ausstatten, und das ist eben die Welt. Denn schließlich hat die Wirklichkeit nichts besonders Tiefgründiges an sich. Wenn man nämlich gegen die Vierzig oder Fünfzig oder Sechzig zur Wirklichkeit vordringt, dann entdeckt man, daß sie bloß sechs Fuß an Tiefe und achtzehn Fuß im Quadrat mißt.

Dann war es zu Ende. Draußen wehte der Wind unablässig von den schwarzen Hügeln nieder und höhlte die grüngläserne Himmelsschüssel aus. Wir sahen zu, wie sie hintereinander aus der Kirche schritten und den Sarg zum Friedhof geleiteten. Vier von ihnen trugen eiserne Laternen, und in der Dunkelheit klumpten sie sich ruhig und bizarr um das Grab, während der ewige Wind sich gegen sie und die Laternenflammen preßte und feinen Staub ins Gras blies, wie wenn die ganze Natur sich beeilte, es zu verbergen. Dann waren sie fertig. Die Laternen gerieten hüpfend in Bewegung und näherten sich, und wir beobachteten den Priester. Er durchquerte den Friedhof mit hastigen Schritten, in seiner vom Wind aufgeblähten Soutane vorangetrieben. Der Soldat war jetzt in Zivil. Er kam aus der Gruppe hervor und schritt mit der gleichen weitausholenden Entschlossenheit wie seine Tante einher. Mit seinem dreisten, mürrischen Gesicht warf er einen flüchtigen Blick auf uns und schwang sich aufs Fahrrad und fuhr weg. »Er war einer von den Sargträgern«, sagte Don. »Und wie finden Sie das, Signori?«

»No spika«, sagte ich. »Ich liebe Italien. Ich liebe Mussolini.«

»Hast du schon mal gesagt.«

»All right. Dann also Salut!«

Don sah mich an. Sein Gesicht war jetzt sehr ernst. »Salut«, sagte er. Dann schulterte er seinen Rucksack und sah dabei zum Pfarrhaus hinüber. Die Tür des Pfarrhauses war geschlossen.

»Don«, sagte ich. Er blieb stehen und sah mich an. Die Berge hatten jede Perspektive verloren; es schien, als wollten sie sich auf uns senken. Es war, wie wenn wir auf dem Grunde eines erloschenen Vulkans stünden, dessen Krater randvoll war von dem unseligen, wilden grünen Wind, der mitten in seinem eigenen Gestürm abstarb, und voll von seinem eigenen ungestümen und ewig wachen Staub. Wir sahen einander an.

»All right, verdammt!« sagte Don. »Mach du einen Vorschlag, was wir jetzt tun wollen.« Wir sahen einander an. Nach einer Weile würde sich der Wind vielleicht wie Schlaf anhören. Wenn man warm und behütet zwischen Mauern lag – vielleicht.

»All right«, sagte ich.

»Warum kannst du nicht was wollen mit deinem All right? Zum Teufel, wir müssen doch was unternehmen! Wir sind jetzt im Oktober; 's ist nicht mehr Sommer. Und wir wissen nichts. Wir haben nichts gehört. Wir sprechen nicht Italienisch. Wir lieben Italien!«

»Ich sagte ja schon all right«, erwiderte ich. Das Pfarrhaus war ebenfalls aus Stein, stand düster in einem verwucherten Garten. Wir waren bis zur Mitte des Plattenwegs gekommen, als sich ein Fenster unter der Dachrinne öffnete und jemand in Weiß auf uns niedersah und den Laden wieder schloß. Es geschah alles in einer einzigen Bewegung. Wieder sagten wir ruhig und gleichzeitig:

»Biber!« Doch es war zu dunkel, um viel zu erkennen, und das Fenster war wieder zu. Es hatte keine zehn Sekunden gedauert.

»Nur hätten wir ›Frau Biber‹ sagen müssen«, meinte Don.

»Stimmt. Ist es ein Witz?«

»Ja. Es ist ein Witz.« Eine Bäuerin mit hölzernem Gesicht öffnete die Tür. Sie hielt eine Kerze in der Hand, deren Flamme sich vor dem Wind ins Haus hinein krümmte. Der Flur hinter ihr war dunkel; ein abgestandener, kühler Geruch strömte heraus. Sie stand da und sah uns an: die kantigen Flächen ihres Gesichts traten scharf hervor; ihre Augen waren zwei Höhlen, in denen zwei kleine Flammen glitzerten.

»Los!« sagte ich. »Sprich mit ihr!«

»Signora, man sagte uns, daß Hochwürden ...«, begann Don, »... daß wir vielleicht ...« Die Kerzenflamme duckte sich und reckte sich wieder. Die Frau hielt schützend ihre Hand davor und versperrte mit ihrem Körper den Eingang.

»Wir sind Reisende, Wanderer; man sagte uns ... Abendbrot und ein Bett ...«

Als wir ihr über den Flur folgten, seufzte in unsern Ohren noch immer – wie in einer Muschel – das langatmige Rauschen des Windes. Außer der Kerze, die sie trug, war kein Licht da, so daß wir hinter ihr im Dunkeln gingen, aus dem auf der einen Wand beim Weiterwandern der Kerze der gezackte Schatten einer Treppe undeutlich aufbäumte und in höhersteigenden Zacken verschmolz und das Auge die Wand hinauf bis nach oben lockte, wo überhaupt kein Licht war. »Bald wird es zu dunkel sein, um beim Hinausschauen aus jenem Fenster noch etwas zu erkennen«, sagte Don.

»Vielleicht braucht sie's dann nicht mehr.«

»Vielleicht.« Die Frau öffnete eine Tür; wir betraten ein beleuchtetes Zimmer. Es enthielt einen Tisch, auf dem in einem eisernen Leuchter eine Kerze stand, daneben eine Karaffe mit Wein, ein langer Laib Brot und eine Blechbüchse mit einem Schlitz im Deckel. Der Tisch war für zwei Personen gedeckt. Wir warfen unsre Rucksäcke in eine Ecke und sahen ihr zu, wie sie noch ein Gedeck auflegte und noch einen Stuhl vom Flur holte. Doch das ergab nur drei Plätze, und wir sahen ihr nach, wie sie ihre Kerze nahm und zur andern Tür hinausging. Dann sah Don mich an. »Vielleicht sehen wir sie doch noch.«

»Woraus schließt du, daß er nicht ißt?«

»Wann denn? Weißt du nicht, wo er sein muß?« Ich sah ihn an. »Er muß draußen im Garten bleiben.«

»Woher weißt du das?«

»Der Soldat war in der Kirche. Er hat ihn sehen müssen. Muß gehört haben ...« Wir blickten zur Tür, aber es war die Frau, Sie trug drei Näpfe. »Suppe, Signora?« fragte Don.

»Si, Suppe.«

»Gut! Wir kommen von weither.« Sie stellte die Näpfe

auf den Tisch. »Von Milano.« Sie sah Don einen Augenblick über die Schulter hinweg an.

»Sie hätten lieber dort bleiben sollen«, sagte sie. Und ging hinaus. Don und ich sahen einander an. Meine Ohren waren noch voll Wind.

»Er ist also im Garten«, sagte Don.

»Woher willst du das wissen?«

Nach einer Weile wandte Don den Blick ab. »Ich weiß es nicht.«

»Eben! Du weißt es nicht. Und ich weiß es nicht. Wir wollen es nicht wissen. Oder doch?«

»Nein. No spika.«

»Ich meine – bestimmt nicht.«

»Das meine ich auch«, erwiderte Don. Das Tuscheln in unsern Ohren schien das Zimmer mit Wind anzufüllen. Dann begriffen wir, daß es der Wind war, den wir hörten, wirklich der Wind, den wir hörten, obwohl doch das eine, einzige Fenster fest mit Läden verschlossen war. Es war, wie wenn das stille Zimmer isoliert auf dem obersten Gipfel des Weltraums läge, ausgehöhlt aus dem rauschenden Chaos und der langen, düsteren Furie Zeit. Es schien seltsam, daß die Kerzenflamme so ruhig über dem Docht stehen konnte.

III

Wir sahen ihn also nicht, bevor wir im Haus waren. Bis dahin war er nur eine ärmliche, formlose Gestalt gewesen, die, eher klein, an der Spitze des Trauergefolges in der winddurchbrausten Dämmerung weiterhastete; und dann eine Stimme. Es schien, als bildete keins von beiden einen Bestandteil des andern: weder die Gestalt in der wehenden Soutane noch die unpersönliche und sachliche, unermüdliche und erschöpfte und einsame Stimme, die in der stillen Luft über den Kerzen emporstieg.

Es lag etwas Hastiges in der Art, wie er eintrat: wie ein Taucher, der tief Atem schöpft, während er zum Sprung ansetzt. Er sah uns nicht an, und er sprach schon, begrüßte uns schon und entschuldigte sich im gleichen Atemzug und mit einer leisen, schnellen Stimme für seine Verspätung. Dann deutete er, noch immer ohne mit Sprechen aufzuhören, und noch immer ohne uns anzusehen, auf die beiden andern Stühle und nahm selbst Platz und senkte den Kopf über den Teller und stimmte, ohne den Ton zu wechseln, ein lateinisches Tischgebet an; wie schon in der Kirche, schien seine leise und unermüdliche Stimme den Lärm des Windes gerade eben zu übertönen. So ging es noch eine Zeitlang weiter, bis ich nach einer Weile den Kopf hob. Don sah mich an; er hatte die Brauen ein wenig in die Höhe gezogen. Wir blickten auf den Priester und sahen, wie sich seine Hände zu beiden Seiten des Tellers langsam krümmten. Dann äußerte die Frau hinter mir ein scharfes Wort; ich hatte sie nicht eintreten hören: eine hagere, nicht große Frau mit einem erloschenen, mahagonifarbenen Gesicht, das man auf irgendein Alter zwischen fünfundzwanzig und sechzig schätzen konnte. Der Priester hielt inne. Er blickte uns zum erstenmal mit schwächlichen, flackernden Augen an. Sie waren braun und ohne Iris, wie die eines alten Hundes. Als er uns ansah, war es, wie wenn er sie mit Peitschenhieben hochgejagt und gezwungen hätte, so zu bleiben – in geduckter und flackernder Verzweiflung. »Ich bin vergeßlich«, sagte er. »Es gibt Zeiten ...« Wieder warf ihm die Frau ein Wort an den Kopf und stellte eine Terrine auf den Tisch, wobei der Schatten ihres Arms auf sein Gesicht fiel und dort blieb: doch wir hatten unsern Blick schon abgewandt. Der langatmige Wind sauste an den steinernen Dachrinnen vorbei; im eintönigen Lärm des Windes hielt sich die Kerzenflamme so gerade wie ein angespitzter Bleistift. Wir hörten, wie die Frau die Näpfe füllte, aber sie stand noch ein Weilchen da, und das Gesicht des

Priesters blieb im Schatten ihres Arms; so schien sie uns alle im Bann zu halten, bis der Augenblick – was immer es sein mochte – verstrichen war. Sie ging hinaus. Don und ich begannen zu essen. Wir sahen nicht zu ihm hin. Als er endlich sprach, war es in einem Ton leerer, höflicher Interesselosigkeit.

»Sie kommen von weither, Signori?«

»Von Milano«, erwiderten wir beide.

»Und davor Firenze«, sagte Don. Der Priester hatte den Kopf über seinen Suppennapf gesenkt. Er aß rasch. Ohne aufzublicken, deutete er auf den Brotlaib. Ich schob ihn zu ihm hinüber. Er brach den Kanten ab und aß weiter.

»Ah«, sagte er, »Firenze! Das ist eine Stadt! Viel – wie würden Sie es nennen? – viel geistreicher als unser Milano!« Er aß hastig, ohne Manieren. Die aufgekrempelten Ärmel seiner Soutane ließen ein Unterhemd aus Flanell sehen. Sein Löffel schlug scheppernd gegen den Napf; sofort trat die Frau mit einer Schüssel Broccoli ins Zimmer. Sie nahm die Näpfe weg. Er streckte die Hand aus; sie reichte ihm die Karaffe, und er schenkte die Gläser voll, ohne aufzublicken, und hob mit einem kurzen Murmeln das seine. Doch er hatte nur so getan, als tränke er; er beobachtete mein Gesicht, als ich ihn ansah. Ich wandte den Blick ab; ich hörte, wie er scheppernd an die Schüssel schlug, und nun sah mich auch Don an. Dann schob sich die Schulter der Frau zwischen uns und den Priester. »Es gibt Zeiten ...«, sagte er. Scheppernd schlug er gegen die Schüssel. Als die Frau mit ihrem schrillen, raschen Dialekt zu ihm sprach, stieß er den Stuhl zurück, und einen Moment sahen wir über ihrem Arm seine gehetzten Augen. »Es gibt Zeiten ...«, sagte er und hob die Stimme. Dann trat sie ganz und gar zwischen uns und hinderte uns, seine übrigen Worte zu hören, und Don und ich sahen nicht mehr hin und hörten, wie sie das Zimmer verließen. Die Schritte verhallten. Dann konnten wir nur noch den Wind hören.

»Es war die Totenmesse«, sagte Don. Don war Katholik. »Das Tischgebet nämlich.«

»Ja«, sagte ich. »Das wußte ich nicht.«

»Ja, es war die Totenmesse. Er hatte sich geirrt.«

»Ach so«, sagte ich. »Das war es also. Was machen wir jetzt?« Unsre Rucksäcke lagen in der Ecke. Zwei Rucksäcke können genauso menschlich, so durchaus menschlich und erschöpft wie zwei Schuhe aussehen. Wir blickten auf die Tür, als die Frau eintrat. Aber sie blieb nicht stehen. Sie sah uns nicht an.

»Was sollen wir jetzt tun, Signora?« fragte Don.

»Essen!« Sie blieb nicht stehen. Dann konnten wir wieder den Wind hören.

»Nimm etwas Wein!« sagte Don. Er hob die Karaffe hoch und hielt sie dann über meinem Glas in der Schwebe, und wir lauschten. Die Stimme war hinter der Wand, vielleicht hinter zwei Wänden: ein unablässiges Fluten nicht unterscheidbarer Worte. Er sprach dort mit niemandem – das konnte man merken. Wo er auch sein mochte, er war allein, das konnte man merken. Aber vielleicht war es der Wind. Vielleicht ist der Mensch in jedem übersteigerten Naturereignis – im Wind, im Regen, in der Dürre – immer allein. Es dauerte länger als eine Minute, während Don die Karaffe über meinem Glas festhielt. Dann schenkte er ein. Wir fingen an zu essen. Die unterdrückte Stimme riß nicht ab: sie hätte von einem Mechanismus herrühren können.

»Wenn es bloß Sommer wäre!« sagte ich.

»Nimm etwas Wein!« Er schenkte mir ein. Wir hielten unsre Gläser in der Schwebe. Es klang genau wie ein Mechanismus. Man konnte merken, daß er allein war. Jedermann hätte es merken können. »Das ist das Schlimme«, sagte Don. »Daß kein Mensch da ist! Kein einziger Mensch ist im Haus.«

»Die Frau doch!«

»Wir auch.« Er sah mich an.

»Oh«, sagte ich.

»Sicher«, sagte er. »Was für eine bessere Gelegenheit hätte sie sich wünschen, hätte sie verlangen können? Er war mindestens fünf Minuten hier. Und der andre war nach drei Jahren Abwesenheit gerade vom Militär zurück. Der erste Tag, an dem er zu Hause ist, und dann Nachmittag und dann Dämmerung und dann Dunkelheit. Du hast sie doch gesehen. Hast du sie nicht da oben gesehen?«

»Er hat die Tür zugesperrt. Du weißt, daß er sie zugesperrt hat!«

»Dies Haus gehört Gott: es darf kein Schloß haben. Das konntest du nicht wissen.«

»Richtig. Ich vergaß, daß du Katholik bist. Du weißt Bescheid. Du weißt allerhand, was?«

»Nein. Ich weiß nichts. Ich auch no spika. Ich liebe Italien auch.« Die Frau trat ein. Diesmal brachte sie nichts an. Sie kam an den Tisch und stand da, ihr hageres Gesicht über der Kerze, und blickte auf uns herunter.

»Hören Sie«, sagte sie, »wollen Sie weggehn?«

»Weggehn?« fragte Don. »Nicht hier übernachten?« Sie blickte auf uns herunter, und ihre Hand lag auf dem Tisch. »Wo könnten wir bleiben? Wer würde uns aufnehmen? Im Oktober kann man nicht in den Bergen schlafen, Signora.«

»Ja«, sagte sie. Sie sah uns jetzt nicht an. Durch die Wände hörten wir auf die Stimme und auf den Wind.

»Was soll das überhaupt?« fragte Don. »Was geht hier vor, Signora?«

Sie blickte ihn ernst und sinnend an, wie man ein Kind betrachtet. »Sie sehen die Hand Gottes am Werk, Signorino«, sagte sie. »Beten Sie zu Gott, daß Sie zu jung sind, sich daran zu erinnern!« Dann ging sie. Einen Augenblick danach riß die Stimme unvermittelt ab, wie ein Faden. Und dann war nur noch der Wind da.

»Sobald wir aus dem Wind heraus sind, wird's nicht mehr so schlimm sein«, sagte ich.

»Nimm etwas Wein!« Don hob die Karaffe. Sie war weniger als halb voll.

»Wir sollten lieber nichts mehr trinken.«

»Doch«, sagte er. Er füllte die Gläser. Wir tranken. Dann hörten wir auf. Es fing wieder an, plötzlich, in vollem Gange, wie wenn diesmal die Stille der Faden wäre. Wir tranken. »Wir könnten eigentlich auch die Broccoli aufessen.«

»Ich möchte nichts mehr.«

»Nimm dann etwas Wein!«

»Du hast schon mehr gehabt als ich.«

»All right.« Er schenkte mir ein. Ich trank. »Komm, nimm etwas Wein!«

»Wir sollten nicht alles trinken!«

Er hob die Karaffe. »Noch zwei Glas drin. 's hat keinen Zweck, die übrigzulassen.«

»Es sind keine zwei Glas übrig.«

»Ich wette eine Lira.«

»All right. Aber laß mich einschenken.«

»Gut.« Er gab mir die Karaffe. Ich goß mir ein und griff nach seinem Glas. »Horch!« sagte er. Seit ungefähr einer Minute war die Stimme lauter und leiser geworden, wie ein Rad, das bald steckenbleibt. Diesmal schwoll sie nicht wieder an; nichts blieb als der lange Atem des Windes.

»Schenk ein!« sagte Don. Ich schenkte ein. Der Wein füllte das Glas zu drei Vierteln. Er floß nur noch tropfenweise. »Kippe sie!« sagte Don. Ich tat es. Ein einziger Tropfen hing einen Augenblick am Rand, dann fiel er ins Glas. »Ich schulde dir eine Lira«, sagte Don.

Die Münzen fielen klimpernd in die Blechkasse. Als er sie vom Tisch aufnahm und schüttelte, hörte man nichts. Er holte die Münzen aus seiner Tasche und ließ sie durch den Schlitz fallen. Er schüttelte sie wieder. »Klingt noch nicht so, als wär's genug! Rück mal was raus!« Ich steckte ein paar

Geldstücke in den Schlitz, er schüttelte die Blechbüchse wieder. »Jetzt klingt's richtig.« Er blickte mich über den Tisch hinweg an; vor ihm stand sein leeres Glas – umgekehrt. »Wie wär's mit einem Schluck Wein?«

Wir standen auf, und ich nahm meinen Rucksack aus der Ecke. Er lag unter dem andern. Ich mußte den von Don beiseite schieben. Er sah mich an. »Was willst du damit machen?« fragte er. »Ihn ein bißchen spazierenführen?«

»Ich weiß es nicht«, erwiderte ich. An den kalten, unsichtbaren Dachrinnen seufzte unablässig der langatmige Wind. Die Flamme stand so gerade auf der Kerze wie eine Feder auf der langen weißen Nase eines balancierenden Clowns.

Der Flur war dunkel; es war kein Laut zu hören. Nichts war da außer dem kalten Geruch nach nie besonntem Gips und der Stille und dem Geruch nach Bewohntem, wo Leute gelebt haben und gelebt haben werden. Wir trugen unsre Rucksäcke in der Hand, so daß sie dicht neben unsern Beinen hingen, als hätten wir sie gestohlen. Wir gingen weiter, zur Tür, und öffneten sie und traten wieder in den schwarzen Wind hinaus. Er hatte den Himmel klar und rein gescheuert und ihn aus dem letzten Licht und aus dem letzten Zwielicht ausgehöhlt. Auf halbem Weg zum Tor sahen wir ihn. Er ging rasch vor der Mauer hin und her. Sein Kopf war unbedeckt, seine Röcke bauschten sich um ihn. Als er uns sah, blieb er nicht stehen. Er schritt auch nicht schneller aus. Er drehte sich gerade um und ging wieder an der Mauer entlang, drehte sich nochmals um und ging rasch. Wir warteten am Tor. Wir dankten ihm für das Essen. Er stand unbeweglich in seinen vom Wind gepeitschten Röcken und hatte den Kopf gesenkt und ein wenig auf die Seite gelegt, wie ein Tauber, der lauscht. Als Don vor ihm in die Knie sank, wich er zurück, wie wenn Don ihn hätte schlagen wollen. Dann fühlte auch ich mich wie ein Katholik, und auch ich kniete nieder, und er machte rasch das Zeichen des Kreuzes über uns in den schwarzgrünen Wind und ins Dämmerdunkel hinein, als wäre es Wasser. Als wir durchs Tor schritten und zurückblickten, konnten wir noch gegen den Himmel und das öde und lichtlose Haus seinen vor- und zurückstürmenden Kopf sehen gleich einem Zwerg, der auf der Mauerkrone entlangrannte.

IV

Das Café lag auf der Lee-Seite der Straße; wir saßen im Windschatten. Doch wir konnten Windstöße und Schmutzwirbel den Rinnstein entlangkreiseln sehen, und dann und wann schleckte es uns wie eine kühle Zunge über die Beine, und wir konnten im hohen Zwielicht über den Dächern das unablässige Brausen hören. Auf dem Prellstein saßen zwei Musikanten aus den Bergen – ein Fiedler und ein Pfeifer – und spielten eine wilde und kreischende Melodie. Hin und wieder hörten sie auf, um zu trinken, und dann fuhren sie mit der gleichen Melodie fort. Sie war anscheinend ohne Anfang und ohne Ende, und in ihrer unmusikalischen Wildheit wirbelte sie auf eine gleichzeitig kriegerische und schwermütige Art neben dem Wind einher. Der Kellner brachte uns Brandy und Kaffee; seine schmutzige Schürze flatterte plötzlich auf und ließ darunter eine zweite aus grünem Fries sehen, die so starr wie mit Grünspan bedecktes Kupfer war. Am andern Tisch saßen fünf junge Männer: sie tranken und ließen der Reihe nach kleine Münzen aufs Tablett des Kellners klimpern, deren Wert er anscheinend je nach dem Klang des Aufpralls zählte, ehe er sie mit einem einzigen Schwung in seine Westentasche wippte, und eine junge Bäuerin mit langen Beinen und einem Kind auf der Hüfte blieb stehen und hörte sich die Musik an. Sie setzte das Kind hin, das rasch unter den Tisch kroch, an dem die jungen Leute saßen; sie zogen ihre Beine fort, um es durchzulassen, während die Frau nicht hinsah. Mit rundem und gelassenem Gesicht beobachtete sie die Musikanten, und ihr Mund stand etwas offen.

»Laß uns einen Schluck Wein trinken«, sagte Don.

»All right«, sagte ich. »Ich liebe Italien«, sagte ich. Wir tranken noch einen Brandy. Die Frau versuchte, das Kind unter dem Tisch hervorzulocken. Einer von den jungen Leuten zog es heraus und gab es ihr wieder. Die Leute blieben auf der Straße stehen, um sich die Musik anzuhören, und ein hoher zweirädriger Karren mit Reisigbündeln, den eine Frau und ein winziges Maultier zogen, fuhr vorbei, ohne haltzumachen, und dann kam das Mädchen im weißen Kleid die Straße entlang, und ich fühlte mich nicht mehr wie ein Katholik. Sie war ganz in Weiß, ohne Mantel, und hatte einen leichten, geschmeidigen Gang. Ich fühlte mich überhaupt wie gar nichts, als ich ihr weißes Kleid beobachtete, das rasch durch die Dämmerung einherkam und sie irgendwohin trug – oder sie trug es irgendwohin: jedenfalls schritt es auch, bewegte sich, wenn sie sich bewegte und weil sie sich bewegte, und verlor sie, wenn sie verloren sein wollte, weil es sich bewegte, wenn sie sich bewegte, und mit ihr dem Augenblick des Verlorenseins entgegenschritt. Ich erinnere mich, wie ich, als ich von Thaw und White und Evelyn Nesbitt hörte, wie ich da weinte. Ich weinte, weil Evelyn, die ein Wort war, schön und verloren war, denn sonst hätte ich niemals von ihr gehört. Denn sie hatte verloren sein müssen, damit ich sie fand, und ich hatte sie finden müssen, damit ich sie verlor. Und als ich hörte, daß sie alt genug war, um eine erwachsene Tochter oder einen Sohn oder dergleichen zu haben, weinte ich, weil ich mich da selber verloren hatte und weil mich nun ein Verlust nie wieder schmerzen konnte. Daher beobachtete ich das weiße Kleid und dachte, in einer Sekunde wird sie mir so nahe sein, wie sie es nur je sein kann, und dann wird sie davongehen in ihrem weißen Kleid, auf immer und ewig, in die Dämmerung hinein, auf immer und ewig. Dann spürte ich, daß Don sie auch beobachtete, und dann sahen wir den Soldaten, der von seinem Fahrrad sprang. Sie traten aufeinander zu und blieben stehen, und ein Weilchen standen sie dort auf der Straße, zwischen den Leuten, einander gegenüber, jedoch ohne sich zu berühren. Vielleicht sprachen sie sogar nicht einmal, und es war gleichgültig, wie lange; die Zeit war gleichgültig. Dann stieß Don mich an.

»Der andere Tisch«, sagte er. Die fünf jungen Männer hatten sich alle umgedreht und die Köpfe zusammengesteckt und dann und wann mit einer Hand oder einem Arm eine verstohlene Geste gemacht, während die Gesichter alle in eine Richtung blickten. Sie lehnten sich an, ohne die Gesichter umzuwenden, und der Kellner stand da, das Tablett auf der Hüfte – eine plumpe, zynische Figur, älter als Großmutter Lust persönlich –, und blickte auch hin. Endlich kehrten sie um und gingen zusammen die Straße hinauf, in der Richtung, aus der er gekommen war, und er schob sein Fahrrad vor sich her. Kurz bevor sie außer Sicht gerieten, blieben sie stehen und standen einander wieder gegenüber, zwischen den Leuten, den Köpfen, ohne sich überhaupt zu berühren. Dann gingen sie weiter. »Laß uns einen Schluck Wein trinken!« sagte Don.

Der Kellner stellte die Brandys auf den Tisch, und seine Schürze stand einen Moment wie ein Brett im Wind. »Sie haben Militär im Ort«, sagte Don.

»Stimmt«, sagte der Kellner. »Einen!«

»Well, einer ist genug«, sagte Don. Der Kellner blickte die Straße entlang. Aber sie war jetzt verschwunden, sie mit ihrem weißen Kleid, das ihren Schritt, ihr Mädchen-Weiß schuf – nicht für uns.

»Zuviel, wie manche sagen.« Mit seiner langen, dünnen Nase und seinem kahlen Kopf glich er – weit mehr als der Priester – einem Mönch. Er sah wie ein gerupfter Habicht aus. »Sie übernachten beim Priester, nicht wahr?«

»'s gibt ja hier kein Hotel«, erwiderte Don.

Der Kellner holte Kleingeld aus seiner Westentasche und ließ die Geldstücke laut auf den Tisch klickern. »Wozu? Wer bleibt hier schon, falls nicht ein Wanderer? Keiner wandert, ausgenommen ihr Engländer.«

»Wir sind Amerikaner.«

»Meinetwegen.« Er zuckte leicht mit der Schulter. »Das ist Ihre Sache.« Er sah uns nicht offen an, wenigstens nicht Don. »Haben Sie's bei Cavalcantis versucht?«

»In der Taverne am Dorfrand? Bei der Tante des Soldaten, nicht wahr? Ja. Aber sie hat gesagt . . .«

Jetzt sah der Kellner ihm voll ins Gesicht. »Sie hat Sie doch nicht zum Priester geschickt?«

»Nein.«

»Eben«, sagte der Kellner. Seine Schürze flatterte plötzlich. Er schlug sie herunter und wischte den Tisch damit ab. »Amerikaner also?«

»Ja«, sagte Don. »Warum wollte sie uns nicht sagen, wohin wir gehen könnten?«

Der Kellner scheuerte den Tisch. »Diese Cavalcanti! Sie gehört nicht zum Kirchspiel.«

»Nicht?«

»Seit drei Jahren nicht mehr. Der Padrone gehört in das hinterm Berg.« Er nannte ein Dorf, durch das wir am Vormittag gekommen waren.

»Ich verstehe«, sagte Don. »Es sind keine Einheimischen.«

»Oh, sie wurden hier geboren. Bis vor drei Jahren gehörten sie zu unserm Kirchspiel.«

»Aber vor drei Jahren haben sie gewechselt.«

»Ja, sie haben gewechselt.« Er entdeckte noch einen Fleck auf der Tischplatte. Er beseitigte ihn mit der Schürze. Dann blickte er prüfend auf die Schürze. »Aber es gibt mancherlei Wechsel: welche führen weiter fort.«

»Bei der Padrona hat's weitergeführt als bloß bis über den Berg, nicht wahr?«

»Die Padrona gehört zu gar keinem Kirchspiel.« Er sah uns an. »Wie ich auch.«

»Wie Sie auch?«

»Haben Sie versucht, sich mit ihr über die Kirche zu unterhalten?« Er blickte Don an. »Kehren Sie morgen dort ein und erwähnen Sie die Kirche vor ihr.«

»Und das geschah also vor drei Jahren«, sagte Don. »Da hatten sie ein Jahr mit mancherlei Wechsel.«

»Stimmt. Der Neffe zum Militär, der Padrone über den Berg rüber, die Padrona ... Alles in einer Woche. Kehren Sie morgen dort ein und fragen Sie sie!«

»Wie denkt man hier über all den Wechsel?«

»Was denn für Wechsel?«

»In letzter Zeit ... all den Wechsel!«

»Wieso in letzter Zeit?« Er blickte Don an. »Gegen Wechsel gibt's kein Gesetz.«

»Nein. Nicht wenn sie im Rahmen dessen bleiben, was das Gesetz vorschreibt. Manchmal schaut das Gesetz nach, bloß um zu sehen, ob's alles stimmt mit dem Wechsel. Nicht wahr?«

Der Kellner hatte eine nachlässige schlampige Haltung angenommen – bis auf die Augen, das lange Gesicht. Es war zu groß für ihn, dieses Gesicht. »Woher wußten Sie, daß er Polizist ist?«

»Polizist?«

»Sie sagten, ein Soldat; ich wußte, daß Sie Polizist meinten und nur unsre Sprache nicht ganz kennen. Aber durch die Übung werden Sie's rasch lernen.« Er blickte Don an. »Sie haben ihn also auch durchschaut, was? Er kam heute nachmittag hierher; sagte, er wär 'n Schuhreisender. Aber ich hab ihn durchschaut.»

»Schon hier«, sagte Don. »Ich wundere mich, weshalb er's nicht verhindert ... ehe sie ...«

»Woher wollen Sie wissen, daß er ein Polizist ist?« warf ich ein.

Der Kellner blickte mich an. »Mir ist's egal, ob er einer ist oder nicht, junger Mann. Was wär Ihnen lieber: glauben, daß ein Mann 'n Polyp ist, und entdecken, daß er keiner ist, oder glauben, daß er kein Polyp ist, und entdecken, daß er's ist?«

»Sie haben recht«, sagte Don. »Das sagt man also hier.«

»Man sagt viel. Immer war's so, und immer wird's so sein. Wie in jedem Dorf.«

»Was sagen Sie denn?« fragte Don.

»Ich sage nichts. Und Sie auch nicht.«

»Nein.«

»Es geht mich nichts an. Wenn die Leute zu trinken wünschen, bediene ich sie; wenn sie schwatzen wollen, hör ich zu. Damit hab ich den ganzen Tag mehr als genug zu tun.«

»Sie haben recht«, sagte Don. »Es ist nicht Ihnen zugestoßen.«

Der Kellner blickte die Straße entlang; es war beinah ganz dunkel. Er schien nicht zugehört zu haben. »Wer hat den Polizisten kommen lassen, möcht ich mal wissen?« sagte Don.

»Wenn ein Mann Geld hat, findet er immer genug Leute, die ihm helfen, andern Leuten Schwierigkeiten zu machen, sogar noch nach seinem Tod«, sagte der Kellner. Dann sah er uns an. »Ich?« sagte er. Er beugte sich vor und schlug sich leicht auf die Brust. Er blickte zum andern Tisch hinüber, dann beugte er sich nieder und tuschelte: »Ich bin Atheist, wie die in Amerika«, und trat zurück und sah uns an. »In Amerika sind alle Leute Atheisten. *Wir* wissen Bescheid.« Er stand da in seiner schmutzigen Schürze und mit dem langen, schlaffen, verwüsteten Gesicht, während wir uns nun auch erhoben und ihm ernst die Hand schüttelten und die fünf jungen Männer sich umwandten, um uns anzustarren. Mit der Linken gab er uns ein Zeichen, klopfte gegen seinen Schenkel. »Bleibt! Bleibt!« tuschelte er. Er blickte sich über die Schulter nach den jungen Männern um. »Setzt euch!« flüsterte er. Mit dem Kopf deutete er auf die Tür hinter uns, wo hinter der Bar die Padrona saß. »Der Mensch muß essen, versteht ihr?« Er eilte weg und kehrte mit noch zwei Glas Brandy zurück, trug sie, wie zuerst, mit seiner schlampig nachlässigen Geschicklichkeit, als hätte er nie ein Wort mit uns gewechselt und nur die Bestellung entgegengenommen. »Ich spendier's«, sagte er. »Kippt's runter!«

»Was jetzt?« fragte Don. Die Musik war verstummt; von der andern Straßenseite beobachteten wir den Fiedler, der, seine Geige unter dem Arm, vor dem Tisch stand, an dem die jungen Männer saßen, während seine freie Hand und der fest umklammerte Hut herumfuchtelten. Die junge Frau ging bereits die Straße hinauf; das Kind saß ihr wieder auf der Hüfte, sein Kopf nickte in schläfrigem Rhythmus, wie ein Mann auf einem Elefanten. »Was jetzt?«

»Mir egal!«

»Ach, sag doch!«

»Nein.«

»Es ist kein Detektiv hier. Er hat überhaupt keinen gesehn. Er würde einen Detektiv niemals erkannt haben. In Italien gibt's gar keine Detektive: kannst du dir einen italienischen Beamten in Zivil anstatt in Uniform vorstellen?«

»Nein.«

»Sie wird uns zeigen, wo das Bett ist, und morgen in der ersten Frühe ...«

»Nein. Du kannst ja, wenn du willst. Ich aber nicht.«

Er sah mich an. Dann schwenkte er seinen Rucksack über die Schulter. »Gute Nacht. Dann bis morgen früh – drüben im Café!«

»All right.« Er blickte sich nicht noch einmal um. Dann bog er um die Ecke. Ich stand im Wind. Jedenfalls hatte ich die Jacke. Es war ein Jagdrock aus Harris Tweed; wir hatten elf Guineas dafür bezahlt und trugen ihn umschichtig, während der andre den Sweater trug. Vergangenen Sommer in Tirol hatte Don uns drei Tage lang aufgehalten, als er sich an ein Mädchen heranmachen wollte, das im Wirtshaus Bier ausschenkte. Da trug er den Rock drei Tage hintereinander; er hatte ihn gegen eine ganze Woche von mir erhandelt, zahlbar auf Abruf. Am dritten Tag kam der Schatz des Mädchens zurück. Er war so groß wie ein Silo und trug eine grüne Feder am Hut. Wir sahen es mit eigenen Augen, wie er sie mit einer Hand über die Bar hob. Ich glaube, sie hätte das gleiche mit Don tun können. Sie war ganz blond und rosig und weiß, wie ein großer Obstgarten, oder wie wenn man im ersten Sonnenschein über ein Schneefeld blickt. Sie hätte es auch tun können, all die drei Tage, fast jederzeit, einfach, indem sie die Hand ausstreckte. Don nahm vier Pfund zu, während wir dort waren.

V

Dann geriet ich in die volle Wucht des Windes. Die Häuser waren alle dunkel, doch unten auf dem Boden war immer noch ein wenig Licht, wie wenn der Wind es dort festhielte, es platt auf die Erde drückte, wo es sich nicht mehr hatte aufrichten und entfliehen können. Beim Anfang der Brücke hörten die Mauern auf; der Fluß sah wie Stahl aus. Ich hatte geglaubt, bereits der vollen Wucht des Windes ausgeliefert zu sein, doch das stimmte nicht. Die Brücke war aus Stein, Geländer und Fahrdamm und alles, und ich kauerte mich in den Windschatten der Mauer. Ich konnte den Wind über und unter mir hören; er kam langatmig den Fluß heruntergefegt und pfiff wie durch Drähte. Ich hockte dort und wartete. Es dauerte nicht sehr lange.

Zuerst sah er mich nicht – nicht, bevor ich aufstand.

»Hast du dran gedacht, das Flakon füllen zu lassen?« fragte er.

»Hab's vergessen! Ich hatte es vorgehabt. Verdammtes Pech! Laß uns umkehren ...«

»Ich hab eine Flasche. Jetzt welchen Weg?«

»Mir egal. Aus dem Wind raus. Mir egal.« Wir überquerten die Brücke. Unsre Füße riefen auf dem Pflaster kein Geräusch hervor, weil der Wind es wegriß. Er bügelte die Wasseroberfläche, scheuerte sie blank; sie sah genau wie Stahl aus. Sie schimmerte, und, wie das Land, hielt sie das Licht fest zwischen sich und dem Wind, und in ihrem Widerschein konnte man genügend sehen. Doch der Wind fegte jedes Geräusch fort, fast bevor es entstand, so daß, als wir das andere Ufer erreichten und den Durchstich betraten, wo die Landstraße zu steigen begann, es mehrere Sekunden dauerte, ehe wir etwas anderes außer unsern Ohren hören konnten; dann hörten wir etwas. Es war ein ersticktes Wimmern, das über uns aus der Luft zu kommen schien. Wir blieben stehen. »Es ist ein Kind«, sagte Don. »Ein Baby.«

»Nein, ein Tier. Irgendein Tier.« Wir sahen uns in der Dunkelheit an und lauschten.

»Jedenfalls ist es da oben«, sagte Don. Wir kletterten aus dem Durchstich heraus, die Böschung hoch. Oben war eine niedrige Steinmauer, die ein Feld einhegte, und das Feld leuchtete noch ein wenig und schmolz ins Dunkel hinein. Noch diesseits der Dunkelheit, etwa hundert Meter entfernt, ragte ein Wäldchen auf, ein undeutlicher Klecks vor der Finsternis. Der Wind stürzte das Feld hinauf, und wir lehnten uns über die Mauer, lauschten vornübergebeugt, und blickten auf das Wäldchen. Doch das Geräusch war nicht so weit weg, und nach einer Sekunde sahen wir den Priester. Er lag gleich hinter der Mauer auf dem Gesicht, die Soutane war ihm über den Kopf geflogen, und die schwarzen Falten seines Gewands bewegten sich schwach, aber unaufhörlich, entweder vom Wind, oder weil er sich darunter bewegte.

Und einerlei, was die Töne zu bedeuten hatten, die er ausstieß, sie sollten nicht von andern belauscht werden, denn seine Stimme verstummte, als wir ein kleines Geräusch machten. Doch er sah nicht auf, und das leise Schaudern seiner Soutane hörte nicht auf – ein Schaudern und Zucken und Sichwinden von einer Seite zur andern – wer weiß was. Dann stieß Don mich an. Wir gingen an der Mauer entlang. »Hier geht es leichter herunter«, sagte er ruhig. Unter uns stieg die bleiche Landstraße allmählich an, während die Böschung niedriger wurde. Das Wäldchen war ein schwarzer Klecks. »Nur das Fahrrad hab ich nirgends gesehen.«

»Dann geh wieder zu Cavalcantis!« sagte ich. »Wo zum Teufel hast du's zu sehen erwartet?«

»Sie mußten es verstecken. Daran dachte ich nicht. Natürlich mußten sie's verstecken.«

»Ach was«, sagte ich. »Rede nicht solchen Blödsinn!«

»Falls sie nicht gedacht haben, er hätte mit uns zu tun und würde nicht ...« Er brach ab und blieb stehen. Ich stolperte auf ihn drauf, und dann sah ich es auch: die Handgriffe ragten hinter der Mauer hervor wie das Gehörn einer Antilope, die sich dort versteckt hielt. Vor der Finsternis schien der dunkle Klecks des Wäldchens zu pulsieren und schwächer zu werden, wie wenn es lebte und atmete. Wir waren nämlich jung, und die Nacht, die Dunkelheit, ist jungen Menschen etwas Schreckliches, sogar eine eisige, jagende Schwärze wie diese. Junge Menschen sollten so beschaffen sein, daß sie bei Sonnenuntergang in eine Art Koma geraten, im Schlaf geborgen und abgeschirmt gegen die Dunkelheit – gegen das heimliche, wehmütige Gefühl von Vereitelung und von ziellosem und unstillbarem Verlangen.

»Geh runter, zum Teufel!« sagte ich. Mit seinem hohen, aufgebuckelten Rucksack und dem engen Sweater wirkte er lächerlich; er sah wie ein Clown aus; er war schrecklich und häßlich und traurig, alles gleichzeitig, weil er lächerlich war und weil er ohne den Rock so frieren würde. Und ich war ebenso: häßlich und schrecklich und traurig. »Der verdammte Wind! Der verdammte Wind!« Wir gelangten wieder auf die Straße. Einen Augenblick waren wir geschützt, und er holte die Flasche hervor, und wir tranken. Es war höllisches Zeug. »Und du willst über meinen Brandy aus Milano spotten!« sagte ich. »Der verdammte Wind! Der verdammte Wind! Der verdammte Wind!«

»Gib mir 'ne Zigarette!«

»Du hast sie ja!«

»Hab sie dir gegeben.«

»Hast du nicht getan, verdammter Lügner!« Er fand sie in seiner Tasche. Aber ich wartete nicht.

»Willst du keine? Zünde sie lieber hier an, solange wir noch ...« Ich wartete nicht. Die Landstraße stieg an, hatte die gleiche Höhe wie das Feld erreicht. Nach einer Weile hörte ich ihn dicht hinter mir, und dann kamen wir in den Wind. Über meine Schulter hinweg konnte ich sehen, wie seine Zigarette in feurigen Fetzen unter dem ungehinderten Ansturm des Mistrals zerstob – dieses schwarzen, eisigen Windes voller Staubkörner, die wie Eissplitter waren.

Scheidung in Neapel

I

Wir saßen drin, an einem Tisch: Monckton und der Bootsmann und Carl und George und ich und die Frauen, drei Frauen von der ordinären, glitzerigen Sorte, die den Matrosen bekannt oder denen die Matrosen bekannt sind. Wir sprachen Englisch, und sie sprachen überhaupt nicht. Dadurch konnten sie dauernd mit uns sprechen, über den Lärm unsrer Stimmen weg (und drunter weg), in einer Sprache, die älter ist als jede menschliche Sprache und auch älter als die Zeit. Älter jedenfalls als die vierunddreißig Tage Seereise, die wir gerade hinter uns hatten. Dann und wann sprachen sie auf Italienisch miteinander. Die Frauen Italienisch, die Männer Englisch – als bezeichnete die Sprache den Unterschied der Geschlechter und das Funktionieren der Stimmbänder das heimliche Abwarten bis zur dunklen Stunde der Paarung. Die Männer Englisch, die Frauen Italienisch: eine Regelung wie für zwei parallel laufende Bäche, die ein Weilchen durch einen Deich getrennt wurden. Wir sprachen mit George über Carl.

»Warum hast'n dann überhaupt hierher mitgenommen?« fragte der Bootsmann.

»Ja«, sagte auch Monckton. »Ich würde meine Frau bestimmt nicht in so 'ne Spelunke mitgenommen haben.«

George beschimpfte Monckton: nicht mit einem Wort oder gar einem Satz, einem Abschnitt. Er war ein Grieche, groß und schwarz, einen ganzen Kopf größer als Carl; seine Augenbrauen sahen wie zwei Krähen aus, deren Flügel sich beim Fliegen berührten. Er beschimpfte uns alle mit aufrichtiger Gründlichkeit und in einem beinahe fehlerlos klassischen Angelsächsisch, er, der zu andern Zeiten den Wortschatz eines (sagen wir mal) achtjährigen Seitensprungs einer Kabarettsängerin und eines Gauls benutzte.

»Yes, sir«, sagte der Bootsmann. Er rauchte eine italienische Zigarre und trank Ingwerbier; das gleiche Glas Bier, mit dem er sich, nebenbei bemerkt, seit etwa zwei Stunden amüsierte und das jetzt etwa die Temperatur von einem Schiffsbrausebad haben mußte. »Ich würde meinen Schatz bestimmt nicht zu ’ner Spelunke wie der hier mitnehmen, auch nicht, wenn er Hosen anhätte.«

Carl hatte sich die ganze Zeit über nicht gerührt. Er saß freundlich in unsrer Mitte, vor seinem Glas mit italienischem Dünnbier, und sah mit seinem runden blonden Kopf und den runden Augen in all dem Lärm und Glitzerkram wie ein altkluges Baby aus, und die Frauen tuschelten untereinander und beobachteten uns und dann Carl mit jenem abwartenden und rätselhaften Ahnungsvermögen, das zu besitzen sie anscheinend überhaupt nicht wissen. *»E innocente«*, sagte die eine; wieder begannen sie zu tuscheln und betrachteten Carl mit nachdenklichen und verstohlenen Blicken.

»Er hat dich vielleicht schon betrogen«, sagte der Bootsmann. »Vielleicht ist er dir die ganzen drei Jahre schon oft durchs Bullauge ausgekniffen!«

George funkelte den Bootsmann an und machte den Mund auf, um zu schimpfen. Doch er schimpfte nicht; statt dessen sah er Carl an, noch mit geöffnetem Mund. Langsam machte er ihn zu. Vor unsern Augen hob er das Glas und trank mit betonter Bedächtigkeit.

»Bist du noch keusch?« fragte George. »Ich meine, bombensicher?«

Vor unsern sieben Augenpaaren leerte Carl sein Glas mit dem dünnen, bitteren, dreiprozentigen Bier. »Ich fahre seit drei Jahren zur See«, antwortete er. »Um ganz Europa herum!«

George funkelte ihn an, mit verblüfftem und empörtem

Gesicht. Er hatte sich gerade rasiert; sein glattes, blauschwarzes Wangenfleisch zog sich stramm und hart wie das eines Preisboxers oder eines Piraten bis zu dem schwarzen Wust seiner Haare hinauf. Er war unser zweiter Koch. »Du verdammter, verlogener Dreckskerl«, sagte er.

Der Bootsmann hob sein Glas Ingwerbier mit einer Bewegung, die Carls Geste genau nachahmte: ruhig und bedächtig, den Oberkörper ein wenig zurückgelehnt und den Kopf im Nacken, goß er sein Ingwerbier über seine linke Schulter, mit der genau gleichen Geschwindigkeit wie beim Schlucken und mit der gleichen Miene wie Carl – einer wichtigtuerischen und weltmännischen Aufschneiderei. Er stellte das Glas hin und stand auf. »Kommt!« sagte er zu Monckton und mir, »wolln gehn! Können ebensogut an Bord gehn, wenn wir doch den ganzen Abend in einer einzigen Bude hocken müssen.«

Monckton und ich standen auf. Er rauchte eine kurze Pfeife. Die eine Frau war für ihn, die andere für den Bootsmann. Die dritte hatte eine Unmasse goldener Zähne. Sie hätte dreißig sein können, aber vielleicht war sie's nicht. Wir ließen sie bei George und Carl. Als ich mich in der Tür noch einmal umblickte, brachte ihnen der Kellner gerade noch mehr Bier.

II

Sie waren beide in Galveston an Bord gekommen. George trug ein Koffergrammophon – eine Victrola – und ein kleines in Papier eingewickeltes Paket mit dem Aufdruck eines bekannten Zehn-Cents-Ladens, und Carl trug zwei vollgestopfte Koffer aus Kunstleder, die aussahen, als könnten sie vierzig Pfund das Stück wiegen. George ergriff von zwei Kojen Besitz, die eine über der andern, wie in einem Pullman-Abteil, und beschimpfte Carl ununterbrochen mit einer rauhen, nuscheligen Stimme, in der die ›v‹ und ›r‹

ein bißchen reichlich schnarrten, und kommandierte ihn wie einen Nigger herum, während Carl ihre Habseligkeiten mit der Pedanterie einer alten Jungfer verstaute und aus dem einen Koffer einen Stoß von mindestens einem Dutzend frisch gewaschener und gebügelter Drell-Servierjakken hervorholte. Während der folgenden vierunddreißig Tage (er war der Meßboy) trug er im Salon zu jeder Mahlzeit eine frische Jacke, und stets hingen zwei oder drei soeben gewaschene zum Trocknen unter dem Heck-Sonnensegel. Und vierunddreißig Tage lang sahen wir, sobald die Kombüse dichtgemacht war, den beiden zu, wie sie in Hose und Unterhemd auf dem Achterdeck über einem Laderaum mit Baumwolle aus Texas und Harz aus Georgia zur Victrola tanzten. Sie hatten nur eine Platte für ihren Apparat, und die hatte einen Sprung, und jedesmal, wenn die Nadel klickte, stampfte George mit den Füßen auf. Ich glaube, sie merkten es alle beide nicht, daß er es tat.

George war's, der uns über Carl etwas erzählte. Carl war achtzehn und stammte aus Philadelphia. Sie nannten es beide Philly, und zwar George in einem besitzerischen Ton, als hätte er Philadelphia erschaffen, damit es Carl hervorbrächte, obwohl es sich später herausstellte, daß George ihn erst entdeckt hatte, nachdem Carl bereits ein Jahr lang zur See gefahren war. Und Carl erzählte auch etwas darüber: er war das vierte oder fünfte Kind skandinavisch-amerikanischer Schiffsbauer in der ersten Generation, in einem Häuschen aus einer ganzen Reihe sich genau gleichender kleiner Holzhäuser aufgewachsen, die eine gute Bus-Fahrt vom Salzwasser entfernt lagen, erzogen von einer Mutter oder einer älteren Schwester: er, den im Alter von fünfzehn Jahren (und vielleicht ein bißchen unter hundert Pfund wiegend) ein Ahnherr, der längst seine stillen Knochen auf dem Grunde der See gegeneinanderschlug (oder vielleicht zufällig in trockene Erde geborgen und vor lauter Ruhe und Stille unruhig geworden), drei oder vielleicht vier

Generationen zu spät zu dem alten Traum und der alten Unruhe zurückgelockt hatte.

»Ich war damals noch jung«, erzählte uns Carl, der noch nicht wußte, was Rasieren ist, und es auch nicht nötig hatte. »Ich hatte alles andre im Sinn, bloß nicht, zur See zu gehen. Mal hatte ich gedacht, ich könnte Fußballer oder vielleicht Berufsboxer werden, denn von denen hingen Bilder an den Wänden, wenn Sis mich am Samstagabend in die Kneipe an der Ecke schickte, unserm Alten nach. Herrje, da stand ich draußen auf der Straße und sah, wie sie reingingen, und ich konnte ihre Beine unter der Halbtür sehen und sie hören und das Sägemehl riechen und, durch den Rauch durch, die Bilder von ihnen an den Wänden sehn. Ich war eben damals noch jung. Ich war da noch nirgends gewesen.«

Wir fragten George, wie Carl jemals hatte angeheuert werden können, selbst als Meßboy, wo er sogar jetzt höchstens fünf Fuß sechs Zoll maß, und mit diesem Gesicht, das hinter der Monstranz her durchs Kirchenschiff hätte gehen, wenn nicht gar aus einem der bunten Kirchenfenster hätte niederschauen müssen.

»Warum sollte er denn nicht zur See gehen?« fragte George. »Ist das hier nicht ein freies Land? Selbst wenn er weiter nichts ist als 'n verdammter Meßboy.« Er sah uns an, finster, ernst. »Er ist nämlich Jungfrau, versteht ihr? Wißt ihr, was das bedeutet?« Er erklärte uns, was es bedeutete. Offenbar hatte ihm jemand erst kürzlich erklärt, ihm erzählt, was er selber mal gewesen war, falls er sich so weit zurückerinnern konnte, und er glaubte, daß wir den Betreffenden nicht kannten, oder vielleicht glaubte er, es wäre ein neuer Ausdruck, den man gerade erfunden hätte. Er erklärte uns also, was es bedeutete. Es war während der ersten Nachtwache, und wir waren nach dem Essen auf der Achterhütte, zwei Tage hinter Gibraltar, und hörten uns an, was Monckton über Blumenkohl schwatzte. Carl duschte sich (er nahm immer ein Brausebad, wenn er nach dem Abendessen den

Salon aufgeräumt hatte. George, der bloß kochte, badete nie, bis wir im Hafen waren und die Schiffspapiere klarhatten), und George erzählte uns, was es bedeutete.

Dann begann er zu schimpfen. Er schimpfte sehr lange.

»Well, George«, sagte der Bootsmann, »angenommen, du wärst es, was würdest du'n dann machen?«

»Was ich dann machen würde?« rief George. »Was würde ich nicht machen?« Er schimpfte eine Zeitlang ununterbrochen vor sich hin. »'s ist wie die erste Zigarette am Morgen«, sagte er. »Gegen Mittag, wenn man da dran denkt, wie sie geschmeckt hat und wie's einem zumute war, während man gewartet hat, bis das Streichholz an der Zigarette war und man den ersten Zug ...« Er schimpfte, lange und unpersönlich. Es hörte sich wie eine Litanei an.

Monckton betrachtete ihn, ohne ihm zuzuhören: er beobachtete ihn und beschäftigte sich mit seiner Pfeife. »Hör mal, George«, sagte er, »du bist ja beinah 'n Dichter!«

Wir hatten einen Burschen an Bord, einen Lausekerl von den Westindien-Docks, an dessen Namen ich mich nicht mehr erinnere. »Das Gesäusel nennt ihr Zungenschlag?« sagte er. »Da solltet ihr mal 'n Limehouse-Maat hören, wie der 'ne Back mit portugiesischen Ginneys[13] zusammenbrüllt!«

»Monckton hat nicht die Sprache gemeint«, erwiderte der Bootsmann. »Fluchen kann jeder!« Er sah George an. »Du bist nicht der erste, der sich das gewünscht hat, George. Das ist 'ne Sache, die muß ›war‹ bleiben, weil du nämlich nicht weißt, daß du's bist, wenn du's bist!« Und dann variierte er, ohne es zu wissen, und mit einem nicht druckbaren, aber treffenden Ausdruck das Epigramm Byrons über den Mund der Frauen. »Aber wofür willst du'n denn aufsparen? Was nützt es dir schon, wenn er aufhört, 'ne Jungfrau zu sein?«

George schimpfte, blickte von Gesicht zu Gesicht und war verblüfft und empört.

»Vielleicht erlaubt Carl, daß George ihm dabei Händchen

hält«, sagte Monckton. Er holte ein Streichholz aus der Tasche. »Nehmen wir dagegen Rosenkohl ...«

»Du kannst ja den Alten bitten, daß er ihn unter Quarantäne stellt, wenn wir in Neapel landen«, schlug der Bootsmann vor. George schimpfte.

»Nehmen wir dagegen Rosenkohl«, fuhr Monckton fort.

III

Es dauerte an jenem Abend einige Zeit, bis wir entweder in Gang oder zur Ruhe kamen. Wir – Monckton und der Bootsmann und die zwei Frauen und ich – besuchten noch vier andere Cafés, und jedes war wie das erste, in dem wir George und Carl gelassen hatten – die gleichen Leute, die gleiche Musik, die gleichen dünnen, gefärbten Getränke. Die beiden Frauen begleiteten uns, waren bei uns, ohne zu uns zu gehören, warteten geduldig und ergeben und ohne Worte, bis es Zeit sein würde, ins Bett zu gehen. Nach einer Weile ließ ich sie also allein und kehrte aufs Schiff zurück. George und Carl waren nicht an Bord.

Am nächsten Morgen waren sie auch nicht da, obwohl Monckton und der Bootsmann da waren, und der Koch und der Steward fluchten in der Kombüse herum; anscheinend hatte der Koch vorgehabt, selber den Tag an Land zu verbringen. Und nun mußten sie den ganzen Tag an Bord bleiben. Ungefähr in der Mitte des Nachmittags kam ein ziemlich kleiner Mann in einem sehr schmutzigen Anzug an Bord, der an einen von den Columbia-Studenten erinnerte, die jeden Morgen mit der East-Side-Untergrundbahn von der Gegend um den Chatham Square kommen. Er hatte keinen Hut, bloß einen fettigen Stehkopf. Er hatte sich lange nicht rasiert; er sprach ein Englisch, das keins war, auf eine sympathische, bescheidene Art und zeigte dabei sämtliche Zähne. Und er hatte das richtige Schiff gefunden, und er hatte einen Zettel von George, den Rand von einem schmutzigen Zeitungsfetzen, auf dem geschrieben stand, wo George war. Er war im Gefängnis.

Der Steward hatte sowieso den ganzen Tag über nicht mit Schimpfen aufgehört. Er und der Bote gingen zusammen zum Konsul. Der Steward kehrte kurz nach sechs mit George zurück. George sah nicht gar so sehr danach aus, als wäre er betrunken gewesen; er sah betäubt und still aus, trotz seiner wilden Mähne und der blauen Stoppeln auf den Backen. Er ging geradewegs zu Carls Koje und fing an, Carls pedantisch ordentliche Bettdecken eine nach der andern zu untersuchen (wie ein Reisender, der in einem Hotel dritter Klasse das Bett prüft), als erwarte er, Carl drunter versteckt zu finden. »Und er ist wirklich nicht an Bord gekommen?« fragte er. »Wirklich und wahrhaftig nicht?«

»Wir haben ihn nicht gesehen«, antworteten wir ihm. »Der Steward hat ihn auch nicht gesehen. Wir hatten geglaubt, er wäre bei dir im Gefängnis.«

Er begann, die Bettdecken wieder zu ordnen, das heißt, er machte einen schwachen Versuch, sie auf eine geistesabwesende Art eine nach der andern zurechtzuzupfen, als wäre er nicht bei Bewußtsein und ohne Gefühl. »Sie sind ausgekniffen«, sagte er mit matter Stimme. »Haben mich im Stich gelassen. Ich hätte nie geglaubt, daß er so was tun würde. Hätte nie geglaubt, daß er mir so was antun würde. Sie war schuld. Sie hat ihn so weit gebracht, daß er's getan hat. Sie wußte, was er war, und wie ich ...« Dann fing er an zu weinen, leise, immer auf die gleiche matte, unbeteiligte Art. »Die ganze Zeit muß er mit der Hand auf ihrem Schoß dagesessen haben. Und ich war gar nicht mißtrauisch. Dabei hat sie ihren Stuhl immer näher an seinen rangerückt. Aber ich hab ihm getraut. War keine Spur mißtrauisch. Hab nicht geglaubt, daß er irgendwas Wichtiges unternehmen würde, ohne mich vorher zu fragen, und erst recht nicht ... Ich hab ihm getraut!«

Offenbar hatte der Grund von Georges Glas ihre Gesichter so verzerrt, daß George sich der Täuschung hingeben konnte, Carl und die Frau tränken genausoviel wie er, reichlich, aber ohne unkeusche Hintergedanken. Er hatte sie am Tisch sitzen lassen und war zur Toilette gegangen, oder vielmehr, er hatte plötzlich begriffen, daß er in der Toilette war (wie er sagte) und lieber an seinen Tisch zurückkehren sollte; nicht, weil er sich Sorgen machte, was während seiner Abwesenheit passieren könnte, sondern wegen der zeitlichen Lücke, in der er versagt und gehandelt hatte, ohne mit seinen Gedanken dabeizusein (was sich aus dem Gang zur Toilette schließen ließ). Er wollte also wieder an seinen Tisch zurück, war aber noch nicht beunruhigt, sondern nur ein bißchen nachdenklich und vergnügt. Er sagte, er hätte sich großartig amüsiert.

Daher glaubte er anfangs, er könne vor lauter Vergnügtheit seinen eigenen Tisch nicht wiederfinden. Er fand zwar den, von dem er annahm, daß es seiner wäre, doch er war leer – bis auf drei Stapel Untersätze, daher machte er die Runde durch den Saal, noch immer vergnügt, sich noch immer amüsierend; er amüsierte sich auch noch, als er sich in die Mitte der Tanzfläche stellte und, einen Kopf größer als die Tanzenden, mit lauter Stimme zu rufen begann: »Proteus, ahoi!«, und dabeiblieb, bis ein Kellner, der Englisch sprach, ihn an den gleichen freien Tisch führte, auf dem die drei Stapel Untersätze und die drei Gläser standen, von denen er das eine als seins erkannte.

Doch er amüsierte sich immer noch, obwohl jetzt nicht mehr so sehr, denn er glaubte, einem schlechten Witz des Gastwirts zum Opfer gefallen zu sein, und anscheinend hatte er eine ziemliche Störung verursacht und es dabei immer weniger amüsant gefunden, je mehr Kellner und Gäste sich um ihn drängten.

Als er endlich die Tatsache begriff und vor sich selber zugab, daß sie weg waren, muß es ziemlich schlimm für ihn gewesen sein: vor Empörung, vor Verzweiflung, wegen der inzwischen verstrichenen Zeit und der unbekannten Stadt bei Nacht, in der er Carl suchen mußte, und zwar schnell, falls es überhaupt nutzen sollte. Er wollte gehen, wollte sich durch die Menge zwängen, ohne zu bezahlen. Nicht etwa, weil er sich drücken wollte: er hatte einfach keine Zeit. Wenn er Carl innerhalb der nächsten zehn Minuten gefunden hätte, wäre er zurückgekommen und hätte das Doppelte der Zeche bezahlt, da bin ich ganz sicher.

Sie hielten ihn also fest, den wilden Amerikaner, ein Kordon von Kellnern und Gästen – sowohl Männer wie Frauen –, und er zog eine Handvoll Geldstücke aus der Tasche, die auf den Fliesenfußboden fielen. Dann, sagte er, wäre es gewesen, als wimmelte einem eine Hundemeute um die Beine: Kellner und Gäste, Männer und Frauen lagen auf allen vieren auf dem Fußboden und grapschten nach den davonrollenden Geldstücken, und George schlug mit seinen großen Fäusten um sich und versuchte, die Hände wegzutreten.

Dann stand er in der Mitte eines plötzlich sehr weiten Kreises und atmete ein wenig mühsam, und rechts und links von ihm die beiden Napoleons mit ihren Säbeln und Sargträger-Handschuhen und den Pythias-Ritter-Mützen[14]. Er wußte nicht, was er getan hatte; er begriff nur, daß er verhaftet wurde. Erst als sie zur Präfektur kamen, wo ein Dolmetscher war, erfuhr er, daß er ein politischer Gefangener sei, weil er des Königs Majestät dadurch beleidigt hatte, daß er das Abbild des Königs auf einer Münze mit Füßen trat. Sie steckten ihn in einer Zelle, die vierzig Quadratfuß maß – zu sieben andern politischen Gefangenen, deren einer der Bote war.

»Sie haben mir meinen Gürtel und meine Krawatte und die Riemen aus meinen Schuhen weggenommen«, erzählte er uns düster. »In der Zelle war nichts als ein Faß, das in der Mitte des Fußbodens befestigt war, und eine Holzbank, die ringsum an den Wänden entlanglief. Ich wußte gleich, wozu das Faß da war, denn es war schon eine Zeitlang dafür benutzt worden. Wenn man sich nicht länger auf den Beinen halten konnte, sollte man auf der Bank schlafen. Als ich mich vornüberbeugte und sie mir aus der Nähe ansah, war es, wie wenn man aus einem Flugzeug auf die Zweiundvierzigste Straße schaute. Sie wimmelten rum wie die Gelben Taxis. Dann ging ich zum Faß und benutzte es, aber mit dem Ende von mir, mit dem es nicht benutzt werden sollte.«

Dann erzählte er von dem Boten. Die Verzweiflung sorgt weiß Gott genauso für ihre Kinder wie die Armut. Da waren die beiden: der Italiener, der kein Englisch sprach, und George, der überhaupt kaum eine Sprache sprach, und bestimmt nicht Italienisch. Es war ungefähr vier Uhr morgens. Doch bei Tagesanbruch hatte George den einzigen Mann aus den sieben herausgefunden, der ihm helfen konnte oder es wahrscheinlich tun würde.

»Er hat mir erzählt, daß er gegen Mittag rauskäme, und ich hab ihm erzählt, ich würde ihm zehn Lire geben, sobald ich rauskäme, und er gab mir den Fetzen Papier und den Bleistift« (und das in einer kahlen Zelle mit sieben Männern, die man bis auf die Haut ausgeplündert hatte – Geld, Messer, Schuhriemen, sogar Nadeln und lose Knöpfe weggenommen und ihnen nur das zur Erwärmung Allernotwendigste an Sachen gelassen hatte), »und ich hab den Zettel geschrieben, und er hat ihn versteckt, und sie ließen ihn raus, und nach ungefähr vier Stunden kamen sie und holten mich, und dann stand der Steward da.«

»Wie hast du mit ihm gesprochen, George?« fragte der Bootsmann. »Sogar der Steward konnte nichts aus ihm herausbekommen, bis sie zum Konsul kamen.«

»Ich weiß nicht«, erwiderte George. »Wir sprachen eben. Es war die einzige Möglichkeit, irgend jemand zu sagen, wo ich war.«

Wir versuchten ihn zu überreden, sich schlafen zu legen, aber davon wollte er nichts wissen. Er wollte sich nicht mal rasieren. Er bekam in der Kombüse etwas zu essen und ging an Land. Wir sahen ihm nach.

»Der arme Kerl!« sagte Monckton.

»Wieso?« rief der Bootsmann. »Warum hat er Carl dorthin mitgenommen? Sie hätten ja ins Kino gehen können!«

»Ich sprach nicht von George«, sagte Monckton.

»Ach so«, sagte der Bootsmann. »Man kann aber nicht sein Leben lang dauernd irgendwo an Land gehn, und erst recht nicht in Europa, ohne daß man hin und wieder vergewaltigt wird.«

»Großer Gott!« rief Monckton. »Hoffentlich nicht!«

George kehrte am nächsten Morgen um sechs Uhr zurück. Er sah noch immer verstört aus, doch dabei noch immer ganz nüchtern und ganz gelassen. Über Nacht war sein Bart noch um einen viertel Zoll gewachsen. »Ich konnte sie nicht finden«, sagte er ruhig. »Ich konnte sie nirgends finden.« Er mußte jetzt als Meßboy arbeiten und an Carls Stelle am Offizierstisch bedienen, doch sobald das Frühstück beendet war, verschwand er; wir hörten, wie der Steward ihn bis zum Mittagessen überall suchte und verwünschte. Kurz vor dem Mittagessen kehrte er zurück, bediente während der Mahlzeit und verschwand wieder. Kurz vor dem Dunkelwerden war er wieder da.

»Hast ihn noch nicht gefunden?« fragte ich. Er gab keine Antwort. Ein Weilchen starrte er mich mit seinem leeren Blick an. Dann ging er zu den Kojen und holte einen von den Kunstlederkoffern herunter und stopfte alle Sachen Carls hinein und quetschte den Deckel fest auf die herausbaumelnden Ärmel und Socken und schleuderte den Koffer aufs Achterdeck, wo er sich überschlug und aufplatzte und die weißen Jacken und die stummen Socken und die Unterwäsche auskotzte. Dann ging er zu Bett, vollständig bekleidet, und schlief vierzehn Stunden. Der Koch versuchte, ihn fürs Frühstück wachzukriegen, aber er hätte ebensogut versuchen können, einen Toten zu wecken.

Als er erwachte, sah er besser aus. Er borgte sich eine Zigarette von mir und ging sich rasieren und kam wieder und borgte sich noch eine Zigarette. »Zum Teufel mit ihm«, sagte er. »Soll sich wegscheren, der Mistkerl. Ist mir sauwurst!«

Am Nachmittag trug er Carls Sachen wieder in die Koje. Nicht gerade sorgfältig, aber auch nicht unsorgfältig: er sammelte sie einfach ein und warf sie aufs Bett und stand einen Augenblick still, um zu sehen, ob auch nichts herunterfallen würde, und dann ging er.

IV

Es war kurz vor Tagesanbruch. Als ich gegen Mitternacht aufs Schiff zurückkehrte, war das Logis leer gewesen. Als ich kurz vor Tagesanbruch erwachte, waren alle Kojen bis auf meine eigene immer noch leer. Ich lag im Halbschlummer da, als ich Carl im Durchgang hörte. Er kam leise an; ich hatte ihn kaum gehört, bis er in der Tür erschien. Er stand ein Weilchen dort und sah im Halblicht nicht größer als ein junger Knabe aus. Rasch machte ich die Augen wieder zu. Ich hörte ihn, wie er, noch auf Zehenspitzen, an meine Koje trat und ein Weilchen vor mir stand. Dann hörte ich, wie er sich abwandte. Ich machte meine Augen nur so weit auf, daß ich ihn beobachten konnte.

Er zog sich schnell aus, riß sich die Sachen vom Leibe und riß dabei einen Knopf ab, der mit leisem Klick gegen die Schott schlug. Nackend sah er im fahlen Licht kleiner und schmächtiger denn je aus, während er aus seiner Koje, wohin George seine Habseligkeiten geschüttet hatte, ein Handtuch hervorgrub und die andern Sachen wie in furchtbarer Eile beiseiteschleuderte. Dann ging er raus, und seine nackten Fußsohlen zischelten durch den Gang.

Ich konnte die Dusche hinter der Schott lange Zeit laufen hören; das Wasser mußte um diese Zeit kalt sein. Doch es lief lange Zeit, und dann hörte es auf, und ich schloß noch mal die Augen, bis er wiederkam. Dann sah ich ihm zu, wie er das Unterzeug, das er ausgezogen hatte, vom Boden aufhob und rasch durchs Bullauge hinausstieß, wobei er ein bißchen wie ein nüchtern gewordener Betrunkener aussah, der die geleerte Flasche beseitigt. Er zog sich an und schlüpfte in eine frische weiße Jacke und kämmte vor dem kleinen Spiegel sein Haar, beugte sich etwas vor und musterte lange Zeit sein Gesicht.

Und dann machte er sich an die Arbeit. Er arbeitete den ganzen Tag auf der Kommandobrücke; was er dort zu tun fand, konnten wir uns nicht vorstellen. Doch das Mannschaftlogis sah ihn erst nach Anbruch der Dunkelheit wieder. Den ganzen Tag konnten wir die weiße Jacke beobachten, die an den offenen Türen vorbei- und hin und her flitzte oder niederkniete, um das Messing an den Kajütstreppen zu polieren. Er schien mit einer Art stiller Wut zu arbeiten. Und wenn ihn seine Pflichten zwangen, im Laufe des Tages auf Deck zu kommen, bemerkten wir, daß es immer auf der Backbordseite war, und wir lagen ja mit der Steuerbordseite zum Dock. Und George arbeitete ein wenig um die Küche oder ums Achterdeck herum und faulenzte reichlich, sah aber überhaupt nicht zur Kommandobrücke hinauf.

»Das ist der Grund, weshalb er da oben bleibt und den ganzen Tag am Messing rumpoliert«, sagte der Bootsmann. »Er weiß, daß George da nicht rauf kann.«

»Sieht mir gar nicht so aus, als ob George das wollte«, erwiderte ich.

»Stimmt«, sagte Monckton. »George würde für 'n Dollar zum Kompaßhaus raufgehn und den Alten um 'ne Zigarette bitten.«

»Aber nicht aus Neugier«, sagte der Bootsmann.

»Glaubst du, daß es weiter nichts als das ist? Bloß Neugier?«

»Klar«, sagte der Bootsmann. »Warum denn nicht?«

»Monckton hat recht«, sagte ich. »Wir haben hier den schwierigsten Moment in einer Ehe: den Tag, nachdem die Ehefrau die ganze Nacht nicht nach Haus gekommen ist.«

»Du meinst wohl, den einfachsten Moment«, sagte der Bootsmann. »George kann ihn jetzt fortjagen.«

»Glaubst du das?« sagte Monckton.

Wir lagen fünf Tage im Hafen. Carl polierte immer noch das Messing an den Kajütstreppen. Der Steward konnte ihn irgendwohin auf Deck schicken und weggehen: wenn er wiederkam, fand er Carl noch auf der Backbordseite an der Arbeit, und dann schickte er ihn auf die Steuerbordseite, hoch über das Dock mit den Italiener-Jungen in ihren bunten, schmutzigen Trikots und mit den Verkäufern von unanständigen Postkarten. Doch er blieb nie lange dort, und dann sahen wir ihn wieder unten, wo er in seiner weißen Jacke still im muffigen Halbdunkel saß und wartete, daß es Zeit war fürs Abendessen. Meistens stopfte er seine Socken.

George hatte bis jetzt noch kein Wort mit ihm gesprochen; Carl hätte ebensogut überhaupt nicht an Bord zu sein brauchen – als wäre sogar der verdrängte Raum, den sein Körper einnahm, nichts weiter als hindernisfreie und atembare Luft. Jetzt war George an der Reihe, den größten Teil des Tages und die ganze Nacht von Bord wegzubleiben, und um drei oder vier Uhr morgens kam er ein bißchen betrunken zurück und weckte jeden mit einem Knuff, ausgenommen Carl, und schilderte mit derben und lauten Wiederholungen seine Abenteuer mit neuen und immer wieder andern Frauen, ehe er in seine Koje stieg. Soweit wir es beobachten konnten, sahen sie einander nicht an, bis wir auf dem besten Wege nach Gibraltar waren.

Dann ließ Carls Arbeitswut etwas nach. Trotzdem arbeitete er den ganzen Tag unentwegt weiter, und dann, nachdem er gebadet hatte und sein blondes Haar naß und glatt war und sein schmächtiger Oberkörper in einem Baumwolltrikot steckte, konnten wir ihn sehen, wie er sich in der langen Dämmerzeit mittschiffs oder voraus allein über die Reling lehnte. Aber nie in der Nähe des Achterdecks, wo wir rauchten und schwatzten und wo George angefangen hatte, kaltblütig seine einzige Platte auf der Victrola zu spielen und unaufgefordert und von uns verwünscht ein Dakapo nach dem andern zu liefern.

Eines Abends dann sahen wir sie beide zusammen. Seite an Seite lehnten sie sich über die Achterdeck-Reling. Es war das erstemal seit dem Morgen, als er aufs Schiff zurückkehrte, daß Carl achteraus blickte, zurück auf Neapel, und dabei war es der Abend, an dem die Säulen des Herkules ins zunehmende Dämmerdunkel gesunken waren und der Strom Okeanos begonnen hatte, ins dunkler werdende Meer zu fluten, und der Saling über unsern Köpfen in regelmäßigem und langsamem Rhythmus vor dem hohen Nachthimmel und dem tiefstehenden jungen Mond hin- und herschwankte.

»Jetzt fehlt ihm nichts mehr«, sagte Monckton. »Der Hund kann sein Ausgekotztes wieder beschnuppern.«

»Ich hab doch gesagt, daß ihm die ganze Zeit nichts gefehlt hat«, sagte der Bootsmann. »George hat sich 'n Dreck was draus gemacht.«

»Ich habe nicht von George gesprochen«, erklärte Monckton. »George ist noch nicht übern Berg.«

V

George erzählte es uns. »Er war eben dauernd so trübselig und kopfhängerisch, und ich hab dauernd versucht, mit ihm zu reden und ihm zu sagen, daß ich nicht mehr wütend wäre. Herrje, eines Tages mußt es ja dahin kommen; ein

Mann kann doch nicht sein Leben lang ein Unschuldsengel bleiben. Aber er wollte nicht mal mehr in die Richtung von Neapel sehn! Bis er eines Abends plötzlich fragt:

›Was macht man mit ihnen?‹ Ich hab ihn angestarrt. ›Was tut man für sie – als Mann?‹

›Willst du mir etwa erzählen‹, sag ich, ›daß du drei Tage bei ihr gewesen bist und sie dir das nicht beigebracht hat?‹

›Ich meine, was gibt man ihnen?‹ sagt er. ›Geben die Männer ihnen nicht . . .‹

›Jesus Christus‹, sag ich, ›du hast ihr doch schon was gegeben, was sie dir in Siam mit Gold aufgewogen hätten! Wofür sie dich mindestens zum Prinzen oder zum Premierminister gemacht hätten! Was meinst du bloß?‹

›Ich meine nicht Geld‹, sagte er. ›Ich meine . . .‹

›Well‹, sag ich, ›wenn du sie wiedersehen willst, und wenn sie dein Schatz sein soll, würdest du ihr was geben. Kannst's ihr auf der Rückreise mitbringen. Was zum Anziehn oder so. Was es ist, ist ihnen nicht so wichtig, den ausländischen Frauen, weil sie sich ihr Leben lang mit den Italianos rumschlagen müssen, die ihnen nicht mal 'n Schnaufer geben würden, wenn sie'n Spielzeugballon wären. 's ist ihnen nicht so wichtig, was es ist. Aber du willst sie doch nicht wiedersehen, was?‹

›Nein‹, sagt er. ›Nein‹, sagt er. ›Nein.‹ Und dabei hat er mich angesehn, als wollt er gleich über Bord springen und vor uns her schwimmen und in Hatteras auf uns warten.

›Dann brauchst du dir ja deswegen keine Sorgen zu machen‹, sag ich. Dann bin ich hingegangen und hab wieder die Vic gespielt, hab gedacht, es könnt ihn aufmuntern; denn er ist ja nicht der erste, um Gottes willen; er hat's ja nicht erfunden. Aber der nächste Abend, da kam's dann; wir standen achtern an der Reling – 's war der erste Abend, wo er achteraus gesehn hat – und haben den Phosphor an der Logleine beobachtet, und da sagt er:

›Vielleicht hab ich sie in Schwierigkeiten gebracht?‹

›Wie denn?‹ sag ich. ›Womit denn? Mit der Polizei? Hast du dir denn nicht ihre Karte zeigen lassen?‹ Als ob die'n Ticket nötig gehabt hätte, mit ihrer Visage voll Gold; herrje, die hätt ja allein mit ihrem Gesicht Geld verdienen können; das war vielleicht ihr Banksafe, statt daß sie'n Strumpf dafür nahm!

›Was für ein Ticket?‹ fragt er. Also hab ich's ihm erklärt. 'ne Minute lang hab ich geglaubt, er weint, dann hab ich gesehn, daß er bloß versucht, nicht zu kotzen. Also wußt ich ja, was los war, was ihm Sorgen gemacht hat. Ich erinnere mich an mein erstes Mal, wie's mich da umgehauen hat. ›Ach‹, sag ich, ›der Geruch? Das hat nichts zu sagen, da mußt du dir keine Sorgen drum machen. Sie riechen im Grunde nicht schlecht – 's ist bloß die italienische National-Luft!‹«

Und dann glaubten wir, daß er ernstlich erkrankt wäre. Er arbeitete den ganzen Tag, ging erst zu Bett, wenn wir andern alle schliefen und schnarchten, und in der Nacht hab ich ihn gesehn, wie er da aufstand und wieder nach oben ging, und ich bin ihm nach und hab gesehn, wie er auf 'ner Dampfwinde saß. Er sah wie ein kleiner Junge aus, still und klein und ohne sich zu rühren, in seinem Unterzeug. Aber er war jung, und selbst 'n alter Mann kann nicht sehr lange krank sein, wenn er nichts andres zu tun hat, als zu arbeiten und salzige Luft zu atmen; also sahen wir zwei Wochen später zu, wie er und George, wieder im Unterhemd, auf dem Achterdeck tanzten, während die Victrola ihr albernes und sich ewig wiederholendes Ego gegen den zunehmenden Mond richtete und das Schiff durch die langen Seen auf der Höhe von Hatteras schnorchelte und zischte. Sie sprachen nicht dabei; sie tanzten bloß, ernst und unermüdlich, während der Mond von Nacht zu Nacht höher und höher den Himmel hinanstieg. Dann drehten wir nach Süden, und der Golfstrom lief wie blaue Tinte neben uns her und brodelte nachts in den milderen Breitengraden wie Feuer, und eines Nachts auf der Höhe von Tortugas begann das Schiff wie ein linkischer und eifriger Höfling auf die Silberschleppe des Mondes zu treten, und Carl sprach zum erstenmal nach beinah zwanzig Tagen.

»George«, sagte er, »würdest du mir einen Gefallen tun?«

»Klar, mein Kleiner«, sagte George und stampfte jedesmal mit den Füßen auf, wenn die Nadel klickte: sein schwarzer Kopf überragte Carls glatten, blonden Kopf, und beide hielten sich schicklich umfangen, während ihre Segeltuchschuhe im gleichen Takt weiterschleiften. »Klar«, sagte George. »Raus mit der Spache!«

»Wenn wir in Galveston sind, hätt ich gern, daß du mir so 'ne kleine rosaseidne Unterhose kaufst, wie sie die Damen tragen. 'n bißchen größer als für mich, ja?«

Carcassonne

Und ich auf einem Falben mit Augen wie blaue elektrische Funken und einer Mähne wie Flammengewirr, im Galopp den Hügel hinauf und geradewegs hinein in den hohen Himmel der Welt.

Sein Gerippe lag still. Vielleicht dachte es hierüber nach. Jedenfalls stöhnte es nach einiger Zeit. Aber es sagte nichts. *was dir bestimmt nicht ähnlich ist* dachte er *du bist dir nicht ähnlich. aber ich kann nicht behaupten daß ein bißchen Stille nicht angenehm ist*

Er lag unter einem auseinandergerollten Streifen geteerter Dachpappe. Alles von ihm, heißt das, bis auf den Teil, der weder unter Insekten noch unter der Temperatur litt und der auf dem Pferd unermüdlich und ohne Ende dahingaloppierte, einen hochgetürmten Silberhügel aus Kumuluswolken hinan, wo sein Huf weder Echo weckte noch eine Spur hinterließ, immer dem azurblauen, nie erreichten Steilhang entgegen. Dieser Teil war weder Fleisch noch Nichtfleisch, und er spürte, während er unter der Bettdecke aus geteerter Dachpappe lag, bei der Betrachtung seines Nichtseins ein angenehmes Prickeln.

So hatte er die Mechanismen des Schlafens, des Sich-Einnistens für die Nacht vereinfacht. Jeden Morgen wurde das ganze Bett zu einer Spule aufgerollt und stand aufrecht in der Ecke. Es war wie mit jenen Brillen, Lesebrillen, die die alten Damen zu tragen pflegten und die an einer Schnur hingen, welche auf einer Spindel in eine einfache Dose aus ungestempeltem Gold zurückschnellte; eine Spindel, eine Dose, befestigt am dunklen Busen der Mutter des Schlafs.

Dies genießend, lag er still. Unter ihm verfolgte Rincon seine unheilvollen, geheimen nächtlichen Ziele, dort, wo beleuchtete Fenster und Türen wie ölige Striche eines breiten und übervollen Pinsels auf der satten und trägen Finsternis der Straßen lagen. Von den Docks her entquoll eine Schiffssirene sich selbst. Einen Augenblick war sie Ton, dann wurde sie allmählich zu Stille, zu Atmosphäre, und senkte aufs Trommelfell eine Leere, in der nichts war, nicht einmal Stille. Dann wich sie, verebbte; die Stille atmete wieder mit einem Klatschen von Palmenwedeln – wie Sand, der über eine Metallplatte zischt.

Noch immer lag sein Gerippe unbeweglich. Vielleicht dachte es hierüber nach, und er dachte an sein geteertes Pappbett wie an eine Brille, durch die er allnächtlich das Gewebe seiner Träume sichtete:

Durch die Zwillingstransparenz der Brille galoppierte ständig das Pferd mit seinem verfilzten Gewirr auflodernder Flammen. Vorwärts und zurück gegen die pralle Rundung seines Bauchs schwingen die Beine, rhythmisch ausgreifend und darüber hinausschießend, und jedes sich abstoßende Ausgreifen noch betont durch die wegschnellende Elastizität beschlagener Hufe. Er kann den Sattelgurt und die Fußsohlen des Reiters in den Steigbügeln sehen. Der Gurt schneidet das Pferd gleich hinter dem Widerrist in zwei Teile, doch es galoppiert ständig in rhythmischer und unermüdlicher Raserei, ohne voranzukommen, und er denkt an jenes reiterlose normannische Streitroß, das gegen den Sarazenen-Emir galoppierte, welcher, so scharfen Auges, so feingliedrig und stark im Handgelenk, das den Degen schwang, das galoppierende Tier mit einem einzigen Hieb zerlegte, so daß die getrennten Hälften weiterdonnerten durch die versammelten Feinde unsres sanften HERRN, noch immer eingehüllt in die Raserei und den Hochmut des Angriffs, nicht begreifend, daß es tot war.

Die Decke des Dachbodens schrägte sich in gebrochenem Winkel zu den niedrigen Dachrinnen ab. Es war dunkel, und das Körperbewußtsein, das Amt des Schauens übernehmend, erschuf im Auge seines Geistes den unbeweglichen Körper, der durch die stete Zersetzung, welche mit dem Tage seiner Geburt in seinem Körper begonnen hatte, phosphoreszierend geworden war. *das Fleisch ist tot lebt durch sich selbst ernährt sich verzehrt sich haushälterisch bei seiner eigenen Erneuerung und wird niemals sterben denn* ICH *bin die* AUFERSTEHUNG *und das* LEBEN. Bei einem Mann sollte die Larve kraftvoll sein, mager, behaart. Bei Frauen, bei zarten Mädchen, deren ganzes Wesen harmonischen Melodien gleicht, sollte sie lieblich geformt sein, in Anmut weidend fallen, und weiden. *was ist's jedoch für* MICH *andres als ein Sieden neuer Milch der* ICH *die* AUFERSTEHUNG *und das* LEBEN *bin*

Es war dunkel. Die Qualen des Holzes waren dank dieser Breitengrade gemildert; leere Räume knarrten und knackten nicht. Doch vielleicht war Holz wie jedes andre Gerippe, sobald sich nach einiger Zeit die Reflexe alten Zwanges erschöpft hatten. Gebeine konnten auf dem Meeresgrund liegen, in den Höhlen des Meeres, vom sterbenden Echo der Wellen gegeneinandergestoßen. Wie Knochen von Pferden, die noch die minderwertigen Reiter verfluchten, welche sie bestiegen hatten, und die einander vorprahlten, was sie mit einem vorzüglichen Reiter auf ihrem Rücken geleistet hätten. Doch immer kreuzigte jemand die vorzüglichen Reiter. Und daher ist es besser, Gebein zu sein, das im erschlafften Wechsel sinkender Gezeiten in den Höhlen und Grotten des Meeres gegeneinanderstößt.

wo der von Bouillon und auch Tankred

Sein Gerippe stöhnte wieder. Durch die Zwillingstransparenz des gläsernen Bodens galoppierte ständig das Pferd, unermüdlich und ohne voranzukommen; sein Ziel die Scheuer, wo der Schlaf daheim war. Es war dunkel. Luis, der die *cantina* unten führte, hatte ihm erlaubt, auf dem Dachboden zu schlafen. Aber die Standard Oil Company, die den Dachboden und die Dachpappe zu eigen hatte, hatte auch die Dunkelheit zu eigen; es war die Dunkelheit der Mrs. Widdrington, der Gattin der Standard Oil Company, die er zum Schlafen benutzte. Sie würde, wenn du nicht irgendwo arbeitest, auch aus dir einen Dichter machen. Wenn ihr ein Grund zum Atmen nicht annehmbar erschien, dann, glaubte sie, war es kein Grund. Für sie war man, falls man ein Weißer war und keine Arbeit hatte, entweder ein Landstreicher oder ein Dichter. Vielleicht warst du wirklich einer. Frauen sind so weise. Sie haben zu leben gelernt, ohne sich von der Wirklichkeit beirren zu lassen, und unzugänglich für sie. Es war dunkel.

und stoßen mein Gebein gegeneinander, gegeneinander

Es war dunkel, eine Dunkelheit, angefüllt mit dem feenhaften Trippeln winziger Füße, verstohlen und eifrig. Manchmal weckte ihn in der Nacht ihr kaltes Trippeln auf seinem Gesicht, und wenn er sich rührte, huschten sie fort, unsichtbar, wie ein jähes Auseinanderstieben toter Blätter bei einem Windstoß, in wispernden Arpeggien leisester Geräusche, und ließen eine feine, aber deutliche Ausstrahlung von List und Gier zurück. Zuweilen, wenn er so dalag, während das Tageslicht grau an der gebrochenen Schrägung der Dachtraufen entlangglitt, beobachtete er ihr schattenhaftes Umherflitzen von Dunkelheit zu Dunkelheit, und schattenhaft und riesig wie Katzen ließen sie an den Tümpeln der Stille ihre wispernden Windstöße kleiner Feenfüße zurück.

Mrs. Widdrington hatte auch die Ratten zu eigen. Aber reiche Leute müssen so viele Dinge zu eigen haben. Nur erwartete sie von den Ratten nicht, daß sie für die Benutzung ihrer Dunkelheit und Stille mit dem Verfassen von Gedichten zahlten. Nicht, daß sie es nicht gekonnt hätten, und recht gute Verse wahrscheinlich. Etwas von einer Ratte an Byron: Tiraden voll verstohlener Gier, ein feenhaftes Trippeln kleiner Füße hinter einem blutigen Wandbehang, wo da fiel *wo fiel wo ich König der Könige war, aber die Frau, mit der Frau mit den Hundeaugen, um mein Gebein unaufhörlich gegeneinanderzustoßen*

»Ich möchte etwas vollbringen«, sagte er und bewegte in der Dunkelheit lautlos seine Lippen, und das galoppierende Pferd erfüllte wieder sein Denken mit lautlosem Donnern. Er konnte den Sattelgurt und die Sohlen des Reiters in den Steigbügeln sehen, und er dachte an das normannische Streitroß, hervorgegangen aus einer langen Reihe von Vätern, um den eisernen Harnisch in die trägen, feuchten grünen Täler Englands zu tragen, rasend vor Hitze und Durst angesichts trügerischer Horizonte voll schimmernder Nichtigkeit, dahindonnernd in zwei Hälften, ohne es zu bemerken, noch immer verschmolzen durch den Rhythmus seines stets zunehmenden Aufschwungs. Der Kopf war geharnischt, so daß es überhaupt nicht vorausblicken konnte, und mitten aus den stählernen Platten ragte ein – ragte ein –

»Stirnschild«, sagte sein Gerippe.

»Stirnschild.« Er sann eine Weile nach, während das Tier, das nicht bemerkte, daß es tot war, dahindonnerte und die Reihen der Feinde des LAMMES sich auftaten im heiligen Staub und es durchließen. »Stirnschild«, wiederholte er. Da er ein so zurückgezogenes Leben führte, konnte sein Gerippe so gut wie nichts von der Welt wissen. Dennoch hatte es eine erstaunliche und aufreizende Art, ihm Bruchstücke banalen Wissens zu liefern, die seinem Geiste zeitweise entfallen waren. »Du weißt auch nichts weiter, als was ich dir mitteile«, sagte er.

»Nicht immer«, erwiderte das Gerippe. »Ich weiß, daß das Ende allen Lebens ein Stilleliegen ist. Das hast du noch nicht gelernt. Oder jedenfalls hast du es mir gegenüber nicht erwähnt.«

»Oh, das habe ich gelernt«, entgegnete er. »Es ist mir hinreichend eingehämmert worden. Doch darum geht es nicht. Sondern darum, daß ich nicht glaube, es sei wahr.«

Das Gerippe stöhnte.

»Hörst du, ich glaube es nicht«, wiederholte er.

»Meinetwegen, meinetwegen«, entgegnete das Gerippe mürrisch. »Ich will nicht mit dir streiten. Ich streite nie. Ich gebe dir nur meinen Rat.«

»Jemand muß es ja wohl tun, nehme ich an«, räumte er verdrießlich ein. »Wenigstens scheint es so.« Er lag noch immer unter der geteerten Dachpappe in einer Stille, die mit feenhaftem Getrippel angefüllt war. Wieder glitt und glitt sein Körper schräg hinab durch buntschillernde Kreuzgänge mit Gewölberippen fahlen Sonnenscheins, die sich hoch oben im Dämmer verloren, und kam schließlich in den windstillen Gärten des Meeres zur Ruhe. Um ihn her die schwankenden Höhlen und Grotten, und sein Körper lag auf dem gerippten Boden und schaukelte friedlich unter dem zaudernden Echo der Gezeiten.

Ich möchte etwas Kühnes und Erschütterndes und Strenges vollbringen wiederholte er und formte die lautlosen Worte in der trippelnden Stille *ich auf einem Falben mit Augen wie blaue elektrische Funken und einer Mähne wie Flammengewirr, im Galopp den Hügel hinan und geradewegs hinein in den hohen Himmel der Welt* Ständig galoppierend, schwingt sich das Pferd auf und hinauf, ständig galoppierend, donnert es den langen blauen Hügel des Himmels empor, seine auflodernde Mähne in goldenen Feuerwirbeln. Roß und Reiter donnern dahin, in einem Donnern, das schwächer wird und verhallt: ein sterbender Stern vor der unermeßlichen Dunkelheit und Stille, und in deren Mitte sinnt unverwandt und verblassend, tiefbrüstig und breithüftig die dunkle und tragische Gestalt seiner Mutter Erde.

Anmerkungen

1 Ingersoll: Robert Green Ingersoll (1833—1899), amerikanischer Jurist und Atheist

2 Kleine Musterkinder: wahrscheinlich Anspielung auf das Buch ›Little Women‹ von Louisa May Alcott. Der ›Analphabet‹ Mothershed scheint zu glauben, es handle sich um eine ganze Serie dieser Art Bücher, die von einem Mann geschrieben wurden. Damit will Faulkner vielleicht ausdrücken, wie wenig gebildet Mothershed ist, oder auch, daß er das Sentimentale nicht liebt.

3 Auf Wiedersehen: so im Original

4 Burns: William J. Burns, berühmter amerikanischer Polizeibeamter

5 Spigs: Spanisch-Amerikaner am Golf von Mexiko (Verstümmelung von: speaga die English = speak = sprechen Sie englisch?)

6 Poughkeepsie: Typ der kleinen Provinzstadt. Den Eigennamen Lumpkin könnte man mit Klümpchen übersetzen.

7 bunk: Quatsch

8 spika: I no spika = I not speak = Ich spreche nicht Italienisch. Mit diesem Ausdruck versuchen sie sich zu schützen.

9 Gazelle: im Originaltext wird aus der Gazelle auf Seite 93 eine Antilope auf Seite 119. Bei den mancherlei Druckfehlern und Widersprüchen ist es nicht zu entscheiden, ob Faulkner das beabsichtigt hat oder nicht.

10 Malbrouck: Marlborough, englischer General, besiegte die Franzosen bei Höchstädt 1704, hier wegen des Soldatenliedchens zitiert.

11 Durchzug: Wortspiel: englisch draft = 1. Durchzug, 2. Patsche, Klemme, 3. auf der folgenden Seite Anspielung auf die Bedeutung ›eingezogen werden‹

12 Biber: ein Spiel, bei dem derjenige gewinnt, der als erster einen bestimmten Gegenstand erblickt.

13 Ginneys: Matrosen-Slang: Portugiesen und Spanier aus Guinea

14 Pythias-Ritter = Knights of Pythias: eine geheime Bruderschaft, gegründet 1864

Nachweis

Die Erzählungen von William Faulkner liegen in fünf Bänden bei Diogenes vor: *Brandstifter* (detebe 20040), *Eine Rose für Emily* (detebe 20041), *Rotes Laub* (detebe 20042), *Sieg im Gebirge* (detebe 20043) und *Schwarze Musik* (detebe 20044). Die amerikanische Ausgabe ›Collected Stories of William Faulkner‹ erschien im Jahre 1950 bei Random House in New York. Vorabdrucke erfolgten in verschiedenen amerikanischen Zeitschriften.

Beyond (Jenseits): Harper's Magazine, September 1933. Danach im Sammelband ›Doctor Martino‹ (1934)

Black Music (Schwarze Musik): zuerst im Sammelband ›Doctor Martino‹ (1934)

The Leg (Das Bein): zuerst im Sammelband ›Doctor Martino‹ (1934)

Mistral (Mistral): zuerst im Sammelband ›These Thirteen‹ (1931)

Divorce in Naples (Scheidung in Neapel): zuerst im Sammelband ›These Thirteen‹ (1931)

Carcassonne (Carcassonne): zuerst im Sammelband ›These Thirteen‹ (1931)

Die Angaben stimmen überein mit dem ›Handbook of Faulkner‹ von Dorothy Tuck, erschienen bei Chatto and Windus, London 1965.

Stephen B. Oates

William Faulkner

Sein Leben. Sein Werk

Aus dem Amerikanischen von Matthias Müller. Leinen

Mit dieser ersten umfassenden Lebensbeschreibung William Faulkners, die für einen breiten Leserkreis geschrieben ist, hat der preisgekrönte Autor Stephen B. Oates ein biographisches Meisterwerk vorgelegt: ein sorgfältig recherchiertes, brillant geschriebenes Buch, auf dessen Seiten sich das außergewöhnliche und bewegte Leben dieses Riesen der amerikanischen Literatur entfaltet.
Oates' eindringliches Porträt fängt Faulkner mit all seiner Komplexität und Widersprüchlichkeit ein. *William Faulkner* ist eine mitreißend und virtuos erzählte Biographie. Wir erleben Faulkners Seelenqualen, seine Wut, seinen Kummer, seinen Humor, seine Einsamkeit und seine künstlerische Entwicklung vom jungen Dichter zum Träger des Nobelpreises und zu einem der größten amerikanischen Dichter.

»Sehr zufriedenstellend, sogar romantisch und sehr spannend.« *The New York Times*

»Mit beträchtlichem erzählerischem Können ortet Oates die finsteren turbulenten Strömungen in Faulkners Leben, und sein detailgetreuer Bericht dieses großen und tragischen Lebens läßt keinen Leser ungerührt.« *Chicago Tribune*

Joseph L. Fant & Robert Ashley

Faulkner in West Point

Die Entwicklung der amerikanischen Ideale
im Spiegel der amerikanischen Literatur
Aus dem Amerikanischen von
Elisabeth Schnack. Leinen

Am 19. und 20. April 1962 besuchte William Faulkner die amerikanische Militärakademie West Point – es war Faulkners letzter großer öffentlicher Auftritt vor seinem Tod.

Am ersten Tag las Faulkner aus seinem Roman *Die Spitzbuben* (detebe 20989), der erst Ende jenes Jahres erschien, und stellte sich nach der Lesung den Kadetten der Akademie zur Diskussion. Am nächsten Tag folgte eine Diskussion im Rahmen eines Seminars zum Thema *Die Entwicklung der amerikanischen Ideale im Spiegel der amerikanischen Literatur.* Ausführlich wie selten zuvor äußerte sich Faulkner zu seinem Selbstverständnis als Schriftsteller, zu Fragen der amerikanischen Literatur, zur Weltpolitik ebenso wie zu Fragen der amerikanischen Innenpolitik, etwa zur Frage der Gleichberechtigung der Rassen in den Südstaaten.

Die Diskussionsprotokolle werden ergänzt durch die Rede Faulkners zur Verleihung des Nobelpreises sowie durch zahlreiche Fotos.

»Faulkner ist eine der wenigen großen schöpferischen Begabungen des Westens.« *Albert Camus*

William Faulkner im Diogenes Verlag

Das Gesamtwerk in 29 Bänden:

Brandstifter
Erzählungen. Aus dem Amerikanischen von Elisabeth Schnack. detebe 20040

Eine Rose für Emily
Erzählungen. Deutsch von Elisabeth Schnack. detebe 20041

Rotes Laub
Erzählungen. Deutsch von Elisabeth Schnack. detebe 20042

Sieg im Gebirge
Erzählungen. Deutsch von Elisabeth Schnack. detebe 20043

Schwarze Musik
Erzählungen. Deutsch von Elisabeth Schnack. detebe 20044

Die Unbesiegten
Roman. Deutsch von Erich Franzen detebe 20075

Sartoris
Roman. Deutsch von Hermann Stresau detebe 20076

Als ich im Sterben lag
Roman. Deutsch von Albert Hess und Peter Schünemann. detebe 20077

Schall und Wahn
Roman. Deutsch von Elisabeth Kaiser und Helmut M. Braem. detebe 20096

Absalom, Absalom!
Roman. Deutsch von Hermann Stresau detebe 20148

Go down, Moses
Chronik einer Familie. Roman. Deutsch von Hermann Stresau und Elisabeth Schnack. detebe 20149

Der große Wald
Vier Jagdgeschichten. Deutsch von Elisabeth Schnack. detebe 20150

Griff in den Staub
Roman. Deutsch von Harry Kahn detebe 20151

Der Springer greift an
Kriminalgeschichten. Deutsch von Elisabeth Schnack. detebe 20152

Soldatenlohn
Roman. Deutsch von Susanna Rademacher detebe 20511

Moskitos
Roman. Deutsch von Richard K. Flesch detebe 20512

Wendemarke
Roman. Deutsch von Georg Goyert detebe 20513

Die Freistatt
Roman. Deutsch von Hans Wollschläger, Vorwort von André Malraux. detebe 20802

Licht im August
Roman. Deutsch von Franz Fein detebe 20803

Wilde Palmen und Der Strom
Doppelroman. Deutsch von Helmut M. Braem und Elisabeth Kaiser. detebe 20988

Die Spitzbuben
Roman. Deutsch von Elisabeth Schnack. detebe 20989

Eine Legende
Roman. Deutsch von Kurt Heinrich Hansen. detebe 20990

Requiem für eine Nonne
Roman in Szenen. Deutsch von Robert Schnorr. detebe 20991

Das Dorf
Roman. Deutsch von Helmut M. Braem und Elisabeth Kaiser. detebe 20992

Die Stadt
Roman. Deutsch von Elisabeth Schnack detebe 20993

Das Haus
Roman. Deutsch von Elisabeth Schnack detebe 20994

New Orleans
Skizzen und Erzählungen. Deutsch von Arno Schmidt. detebe 20995

Briefe
Nach der von Joseph Blotner edierten amerikanischen Erstausgabe von 1977, herausgegeben und übersetzt von Elisabeth Schnack und Fritz Senn. detebe 20958

Über William Faulkner
Aufsätze und Rezensionen von Malcolm Cowley bis Siegfried Lenz. Mit Essays und Zeichnungen und einem Interview mit William Faulkner. Chronik und Bibliographie. Herausgegeben von Gerd Haffmans. detebe 20098

Außerdem liegen vor:

Stephen B. Oates
William Faulkner
Sein Leben. Sein Werk. Deutsch von Matthias Müller. Mit vielen Fotos, Werkverzeichnis, Chronologie und Register. Leinen

Joseph L. Fant & Robert Ashley
Faulkner in West Point
Die Entwicklung der amerikanischen Ideale im Spiegel der amerikanischen Literatur
Deutsch von Elisabeth Schnack. Broschur

Carson McCullers im Diogenes Verlag

Die Ballade vom traurigen Café

Novelle. Aus dem Amerikanischen
von Elisabeth Schnack
detebe 20142

»Alle Eigenheiten des Werks der Carson McCullers sind in der *Ballade* zur Vollendung entwickelt. Es ist, als habe ihre Dichtung nunmehr die wahre Gestalt gefunden. Die hitzegedörrte Kleinstadt, die kannibalische Sonne, die Baumwollspinnerei, die Café-Bar – all das erreicht hier die Kulmination. – Das tragische Dreieckgeschehen zwischen Miss Amalia, dem Buckligen und dem Zuchthäusler Marvin Macy rührt an die elementaren Bedingungen der menschlichen Existenz.«
Dieter Lattmann

»In dieser Geschichte ist etwas von der Beschwörungs- und Verwandlungskraft der Poesie zurückgewonnen, die Beteiligung einfach erzwingt.«
Peter Kliemann

Das Herz ist ein einsamer Jäger

Roman. Aus dem Amerikanischen
von Susanna Rademacher
detebe 20143

»Der Roman spielt im Staat Georgia, in einer häßlichen heißen Industriestadt. Personen erfindet sie mit Hilfe der Erinnerung; ihr mitleidiges Engagement gilt den Sonderlingen, die in diesen öden merkantilen Städten geradezu als Mißgeburten gelten, weil sie nicht zu den anderen passen, nicht mitmachen in deren Alltag... Was simpel erscheinen mag, ist Methode: ohne Interpretation indirekt darzustellen. Daß angelsächsische Autoren erstaunlicherweise genau das erreichen, was sie beabsichtigt haben, bewies bereits mit ihrem ersten Buch Carson McCullers, von der V. S. Pritchett sagte: ›Wie alle genialen Dichter überzeugt sie uns davon, daß wir im Leben etwas übersehen haben, was ganz offenkundig vorhanden ist. Sie hat das unerschrockene „goldene Auge".‹« *Gabriele Wohmann*

Frankie

Roman. Aus dem Amerikanischen
von Richard Moering
detebe 20145

Frankie ist die Geschichte eines Reifeprozesses und einer großen Sehnsucht. Es ist die Sehnsucht eines heranwachsenden Mädchens, dabeizusein. Dabei: beim Leben der Erwachsenen, im speziellen Falle auf der Hochzeit des Bruders, der unbegreiflicherweise entführt wird von einer fremden, nicht einmal viel älteren Frau. Frankies Ruf, der unerhört dem abreisenden Paar nachhallt, ist der Ruf des verzweifelten ›Nehmt mich mit!‹, den jedes alleingelassene Kind kennt.

»In diesem Kindmädchen verkörpert sich zweifellos die poetische Kernsubstanz des ganzen Werkes von Carson McCullers. Mit Recht hat man *Frankie* als ebenbürtig neben Salingers *Fänger im Roggen* gestellt...« *Gerd Fuchs*

Spiegelbild im goldnen Auge

Roman. Aus dem Amerikanischen
von Richard Moering
detebe 20144

»Es gibt in einem der Südstaaten ein Fort, wo vor einigen Jahren ein Mord geschah. An dieser unglücklichen Begebenheit waren beteiligt: zwei Offiziere, ein Soldat, zwei Frauen, ein Filipino und ein Pferd.«
Carson McCullers

»Carson McCullers geht an Čechovs Hand durch Georgia... Der scheinbare Report ist ein Sinnbild für die nüchterne Deskription seelischer Entblößungen; Sinnbild, das nicht für etwas anders steht, sondern auf es hinweist: auf die häßliche, gräßliche Realität und unsere Einsamkeit.« *Helmut M. Braem*

Uhr ohne Zeiger

Roman. Aus dem Amerikanischen
von Elisabeth Schnack
detebe 20146

»Carson McCullers hat in ihrem letzten Roman versucht, den Tod gewissermaßen zu einer eigenen Angelegenheit zu machen, zu einer Wirklichkeit, die uns persönlich betrifft, zu einem unabwendbaren Vorgang, der für den einzelnen allgegenwärtig ist und zu einer übergreifenden Wahrheit wird, in der er sich wiederfindet. Dieser einzelne ist hier der Apotheker Malone, dem von seinem Arzt die Wahrheit eröffnet wird, daß sein durchschnittliches Dasein nur noch ein gutes Jahr dauern kann – ohne Zweifel eine naheliegende Modellsituation, in der man zur Bilanz eingeladen, angehalten wird. Wie nimmt Malone diese Eröffnung auf, wie reagiert er auf sie, wie erträgt er sie? Das ist das Thema dieses ruhigen, eindringlichen Romans... Das Außergewöhnliche wird am Gewöhnlichen dargestellt. Carson McCullers ist eine Autorin, die mit anscheinend müheloser Sicherheit die Hauptsache in der Nebensache findet. Dadurch kommt sie einer verdeckten Wirklichkeit in empfindlicher Weise nahe; sie macht Begebenheiten erfahrbar und erfaßbar, die sich tief unter der Oberfläche ereignen.« *Siegfried Lenz*

Madame Zilensky und der König von Finnland

Erzählungen. Aus dem Amerikanischen
von Elisabeth Schnack
detebe 20141

»Die McCullers vermittelt kein Anliegen, keine Moral, keine didaktischen Absichten; sie erzählt in einer sub-

tilen, nuancenreichen Sprache vom Leben im amerikanischen Süden. Alle Probleme breitet sie vor uns aus – aber das geschieht unauffällig, menschlich, sie sind künstlerisch integriert. Nicht von Mitleid, von Mit-Leidensfähigkeit ist ihre Prosa durchtränkt, das überträgt sich auch auf den Leser, der sich diesem eigenartigen Zauber auch heute nicht entziehen kann. Mit ihren Augen sehen wir Amerika genauer.«
Horst Bienek

»Das Land ihrer Kindheit mustert Carson McCullers nicht anders als am Anfang: protestierend.«
Der Spiegel, Hamburg

Wunderkind

Erzählungen. Aus dem Amerikanischen
von Elisabeth Schnack
detebe 20140

»Es gibt Schriftsteller, die erfinden große Grausamkeiten, um unseren Zustand zu schildern. Das gerät gern ins Schönliche. Carson McCullers verherrlicht nicht. Sie erfindet keine dekorativen Bestien. Sie lenkt nicht ab vom Befund. Sie zeigt: die großen Grausamkeiten sind die alltäglichen.« *Martin Walser*

»Sie ist ein Wanderer mit einem Rucksack voll selbsternannter Dämonen.« *Truman Capote*

Shirley Jackson im Diogenes Verlag

Wir haben schon immer im Schloß gelebt

Roman. Aus dem Amerikanischen von Anna Leube und Anette Grube

Wie man einen Hexentrank braut:
Man nehme
»eine seltsame, gruselige Geschichte und die Zutaten Haß und Angst in verzauberter Umgebung«*
Dann füge man hinzu
»zwei Schwestern, in psychotischer Einsamkeit mit einem alten Onkel in einem großen Haus auf einem Hügel«**
Und schmecke ab mit
»einem Hauch sanften Wahnsinns und einer ganz speziellen Art von Zauberei und Verführung«***
Resultat
dieses Buch, ein Gebräu aus unwiderstehlichem Grausen und anhaltender Faszination, das garantiert *Sie* zum nächsten Opfer macht.

**Publishers Weekly* ***Newsweek*
****Virginia Kirkus Bulletin*

»Das Buch geht unter die Haut. Die gespenstische Atmosphäre, in der die beiden Schwestern und der halbverrückte Onkel leben, ist so beklemmend geschildert, daß man von der Lektüre nicht mehr loskommt, bis man endlich die letzte Seite erreicht hat.«
Frankfurter Rundschau

Die Teufelsbraut

25 dämonische Geschichten. Deutsch von Anna Leube und Anette Grube

Die Teufelsbraut oder *Die Abenteuer des James Harris*, wie dieser Band auch heißen könnte, ist eine Sammlung kurzer, merkwürdiger Geschichten über die dunkle Seite der menschlichen Natur. Geschichten über Wahnsinn, unglückliche Liebe und Angst, beklemmend leise und alle auf rätselhafte Weise zusammenhängend – von der ersten bis zur berühmten letzten *Die Lotterie* jede ein kunstvolles, behexendes Meisterwerk.

»Die Elemente der klassischen Schauergeschichte mischt sie geschickt mit den Erkenntnissen der modernen Psychologie. Man möchte noch viel mehr von ihr lesen.« *Frankfurter Allgemeine Zeitung*

»In Shirley Jacksons Büchern gibt es weder Roheit noch Brutalität, keine wirklichen Schurken und keine echten Engel. Auf ganz leisen Katzenpfoten kommt das Grauen, und nur kurz hebt sich der Nebel über der Grenze zwischen sanftem Wahn und harter Wirklichkeit. Die Erzählungen sind erstaunlich.«
Brigitte, Hamburg

»Sie wurde zu Recht mit dem Edgar-Allan-Poe-Preis ausgezeichnet.« *Süddeutsche Zeitung, München*

Jack London im Diogenes Verlag

Südsee-Abenteuer
Erzählungen. Aus dem Amerikanischen
von Christine Hoeppener
detebe 21508

Der Seewolf
Roman. Deutsch von Christine Hoeppener
detebe 21509

John Barleycorn oder Der Alkohol
Roman. Deutsch von Günter Löffler
detebe 21510

Der Ruf der Wildnis
Roman. Deutsch von Günter Löffler
detebe 21511

Weißzahn, der Wolfshund
Roman. Deutsch von Günter Löffler
detebe 21512